西藏，面冰十年

毕淑敏散文集

毕淑敏

著

北 京 出 版 集 团
北京十月文艺出版社

# 目录

1969年我从北京出发，参军分配到西藏服役，曾任卫生员、助理军医和军医。1980年自西藏转业回北京，拢共在西藏阿里军分区工作了11年。取个大数，就说10年吧。

去的时候，我不到17岁。回的时候，28岁。这个年龄段是要紧的时光，重要性绝对大于从50岁到60岁。后面的增长大致是岁月火箭的一节节脱落，而青年时代则是整个人生的起爆。

我坚信人的记忆是有形状和重量的。人生如同胶片，一旦感光，便不会消失，你不能毫发无损地假装什么都没有发生。做过窗帘的人都知道，要在薄如蝉翼的窗纱下沿，缝缀一条沉重的绳索，名曰铅坠。它到底是不是铅做的，我不晓得，掂起来分量压手，倒是千真万确。我问缝制窗帘的工人，能不能不要这东西？工人摇头说，必得要。才拽得住轻纱，让它不会随风飘荡。

悲惨的记忆，就是窗帘下的绳索。快乐的瞬间，人突然就战栗了，一切索然。概因那坠儿冷冷地晃动起来。

欢欣鼓舞的记忆，像绿叶盈手身躯肥满的胡萝卜。兴高采烈地灿烂着，富有营养而又带着星星点点的泥土，朴实无华。吃起来，有微微的甜，吸收入体，有强骨健身之效。

那些亲密的记忆，或许如同穿过几次的洁净衬衣，有了独属于自己的纹路，熨帖随性。你几乎感觉不到它的存在，但举手投足之间，你确知它与你同行。

我的青春岁月，就似一柄幽蓝的人参，埋在冰峰雪岭之下，悄无声息地静卧着，它冷韧的须根，缠绕在冈底斯砾岩之中，尽力汲取着地心腾起的微微暖息。

我说自己的记忆如人参，并非指稀缺和宝贵，只为此物略具人形。这年头人参已不是稀罕物了，上个秋天我到东北林区，当地干部十分自豪地告诉我，一亩林可栽10万株参苗，号称野生，长势喜人。从此我褪去了对人参的仰望，只当它是白菜萝卜般的寻常蔬菜了。

我与战友，都年近花甲。当年的少女，已成白发老媪。大家见面，聊起往事，我这才知道，伙伴们当初都在如胶似漆地谈恋爱，而我身为班长，对此了无知觉。每日朝望冰峰夜观星宇，心如古井。倘若放在今天，一定是个雪山剩女了。

有人问，那么长的时间，你做了些什么呢？我深深惶惑了。仔细追忆，除了走过很远的路，看了若干书，学了一些医学知识，救活了几个人之外，再想不起做过什么。

我说，真惭愧。10年时间，似乎什么也不曾做呢。只是面对冰山发呆。

别人就不说话了，可能觉得那10年的缺氧，已把我的脑仁蚀坏了，不宜深究。直到某天，藏区一位德高望重的长者问我，那些年，你看的都是什么山呢？

我说，很多山。喜马拉雅山吧。冈仁波齐山吧。喀喇昆仑山吧。阿里高原是这些山脉交会之处，山冠都是冰雪，彼此相连，绵延不绝，好像也分不清到底是哪座山。

长者沉思道，你可明白这是一个修行？你用10年的时间，面对冰雪，经历了别样的修炼。一般所说是面壁，你是面冰。你要难一些，所幸已安然完成。

一个有宗教色彩的解释。

想来有趣。某人用10年时间，目不转睛地盯着一个景物，会发生怎样的变化呢？

盯着水流看上10年，估计波光诡谲风情万种吧？盯着风向看上10年，一定壮怀激烈大风起兮云飞扬啦！盯着鲜花看上10年，随意吐口唾沫，怕就炼出了玫瑰精油。盯着大海看上10年，眼白就浸染成了蓝宝石……

面冰10年。我知道自己从此喜欢清静和安宁，喜欢纯正和简单，喜欢透明和坚硬，喜欢宁为玉碎，不为瓦全——哦，也许应该说——宁为冰碎，不为瓦全。并不是气节英挺和勇敢无畏的表现，乃是相信：冰碎了，入了土，化为水，遇到热，变成汽，碰了山，凝为雨，落下来，复为冰雪又冰雪……完成了一次生命轮回外带免费旅行，一切回到原初。

毕淑敏

佛说，前世的500次回眸，才换来今生的擦肩而过。顿生气馁，这辈子是没得指望了，和谁路遇和谁接踵，和谁相亲和谁反目，都是命定，挣扎不出。特别想到我今世从医，和无数病患咫尺对视。若干垂危之人，我手经治，每日查房问询，执腕把脉，相互间凝望的频率更是不可胜数，如有来世，将必定与他们相逢，赖不脱躲不掉的。于是这一部分只有作罢，认了就是。但尚余一部分，却留了可以掌握的机缘。一些愿望，如果今生屡屡瞩目，就埋了一个下辈子擦肩而过的伏笔，待到日后便可再接再厉地追索和厮守。

今世，我将用余生500次眺望高山。我始终认为高山是地球上最无遮掩的奇迹。一个浑圆的球，有不屈的坚硬的骨骼隆起，离太阳更近，离平原更远。它是这颗星球最勇敢最孤独的犄角。它经历了最残酷的折叠，也赢得了最高耸的荣誉。它有诞生也有消亡，它将被飓风抚平，它将被酸雨冲刷，它将把溃败的肌体化作肥沃的土地，它将在柔和的平坦中温习伟大。我不喜欢任何关于征服高山的言论，以为那是人的菲薄和短视。真正的高山是不可能被征服的，它只是在某一个瞬间，宽容地接纳了登山者，让你在它头顶歇息片刻，给你一窥真颜的恩赐。如同一只鸟在树梢啼叫，它敢说自己把大树征服了吗？山的存在，让我们永葆谦逊和恭敬的姿态，知道在这个世界上，有一些事物必须仰视。

今世，我将用余生1000次不倦地凝望绿色。我少年戍边，有10年的时间面对的是皑皑冰雪，看到绿色的时间已经比他人少了许多。若是因为这份不属于我选择的怠慢，罚我下辈子少见绿色，岂不冤枉死了？记得在千百个与绿色隔绝的日子之后，我下了喀喇昆仑山，在新疆叶城突然看到辽阔的幽深绿色之后，第一反应竟是悚然，震惊中紧闭了双眼，如同看到密集的闪电。眼神荒疏了忘却了这人间最滋润的色彩，以为是虚妄的梦境。就在那一瞬，我皈依了绿色。这是最美丽的归宿，有了它，生命才得以繁衍和兴旺。常常听说地球上的绿地到了××年就全部沙化了，那是多么恐怖的期限。为了人类的长盛不衰，我以目光持久地祷告。

今世，我将用余生1万次目不转睛地注视人群。如果有来生，我期望还将成为他们之中的一员，而不是其他的什么动物或是植物。尽管我知道人类有那么多可怕的弱点和缺陷，我还是为这个物种的智慧和勇敢而赞叹。我做过一次人类了，我知道了怎样才能更好地做人。做人是一门长久的功课，当我们刚刚学会了最初的运算，教科书就被合上。卷子才答了一半，收卷的铃声就响了，岂不遗憾？

把自己喜欢的事一一想来，我还要看海看花，看健美的运动员看睿智的科学家，看慈祥的老人和欢快的少女当然还有无邪的小童，突然就笑了。想我这余生，也不用干其他的事了，每天就在窗前屋后呆呆地看山看树看人群吧，以求个来世的擦肩而过。这样一路地看下去，来世的愿望不知能否得逞，今生的时光可就白白荒废了。于是决定，从此不再东张西望，只心定如水，把握当前。

不为虚缈的擦肩而过，而把余生定格在回眸之中。喜欢山所表达的精神，就游历和瞻仰山的英拔和广博，期望自己也变得如此坚强。喜欢绿色和生命，喜爱人的丰饶和宝贵，就爱惜资源，尊重自己也尊重他人。

　　小小的年纪，告别了父母，到一个遥远而陌生的地方去，本应该是很伤心的。妈妈到火车站送我的时候，险些哭了。但我心中充满了快乐，到西部去，到高原去，真是一次空前的冒险啊！

　　从北京坐上火车，一直向西向西。窗外的景色，由密集的村落，演变成空旷的荒野。气候越来越干燥，人烟越来越稀少，绿色逐渐被荒凉的戈壁滩所代替。三天三夜之后，我们这群女孩子到达了新疆的乌鲁木齐。在这里要进行最后的体检，才能决定谁可以到海拔5000米以上的西藏去。

　　我的身体一向很好，但这次医生说我的小便化验不正常，要是过几天复查还不合格的话，就要把我退回北京。

　　这不是"出师未捷身先死"吗？我的探险还没有开始，难道就要这么狼狈地打道回府啦？

我一定要想出一个办法!

我的目光停留在一个同我最要好的女孩子身上。

我悄悄地把她扯到一个僻静的地方,对着她的耳朵说:"你说,我们是不是好朋友啊?"

她说:"当然是啦。你怎么想起问这个不成问题的问题?"

我说:"既然是好朋友,我向你借一样东西,你一定是借的啦?"

她一扭头嚷起来:"什么东西呀?咱们的东西都是统一发的,我有的,你都有啊!"

我一把捂住她的嘴说:"干吗这么大声?是不是太小气不想借给我?实话说吧,我跟你借的这样东西,对你是一点用处都没有的,但对我的好处就大了!"

她说:"那是什么宝贝呀?"

我说:"是尿啊!"

我把我的打算告诉她,复查的时候把她的尿当成我的标本送上去。她刚开始吓了一跳,然后,很犹豫地说:"这不是骗人吗?"我说:"要是我复查不合格,到不了西藏,被退回北京,我们俩就再也见不到面了,更甭提做朋友了。"她想了想,答应了。

好不容易挨到了复查的那一天,没想到是通知我一个人单独到医院的检查科去。在卫生间里,我拈着盛标本的小瓶子,急得直掉泪。我真想到水龙头那儿,接一点自来水送上去,或者干脆把眼泪送上去化验,那就绝对没问题了。可是,我不敢。你想啊,化验员用的是显微镜，还不一下子就发现了我的花招？万般无奈之中，只好把自己的"标本"交上去了。

等待结果的日子，我和我的好朋友都充满了悲哀，以为我们必定分手了。

不可思议的是，这一次的化验结果完全正常。

我终于和我的好朋友一道，踏上了遥远的奔赴西藏的道路。

我们告别了乌鲁木齐，在广阔的戈壁滩与高原上坐了整整12天的汽车，到达了白雪皑皑的世界屋脊。我在那里待了10年。

后来，我把这一段有惊无险的遭遇和我的计谋，讲给一位老医生听，口气中充满了得意。没想到他皱着眉说："幸好你本身的体检合格了。要知道，西藏高原缺氧，氧气只有海平面的一半。要是你的小便有问题，就说明你的肾脏有问题；要是你的肾脏真的有病，又用别人的标本蒙混过关，那是很危险的。"

我承认他的话很对，但也仍旧很佩服当年那两个十几岁的少女，我们为了友谊和理想，真是很勇敢呢！而且不服气地想，西藏人的肾脏，就个个都是铁打的了？我在高原见过不少肾脏有病的人，活得也很快乐啊！

　　新兵训练要结束了，分配就在眼前。大家心里都关心这事，可表面上却显得很淡漠，没心没肺地打打闹闹。因为你要是特别表现出对去向的关注，别人会觉得你挑肥拣瘦，思想有问题。领导知道了，没准特地把你分到一个倒霉的单位，制裁一下你呢。

　　我对这事想得比较简单，希望做一个通信兵。女兵基本上只有两个工种可挑——卫生员和电话员。卫生员要给病人端屎端尿，我一想就心中作呕。要是当着病人的面吐起来，是多么尴尬的事！通信兵就比较安稳，每天打交道的无非是塞绳和电线，都是不会说话的哑巴，当然省心了。

　　墙上有一幅油画，叫《我是海燕》，一个英姿勃勃的女兵，在漫天风雨中攀上高耸的电线杆，维修线路。狂风卷起她乌黑的短发，因为淋了水，橡胶雨衣显出乌鸦羽毛一般油亮的光泽，随风飘荡……

她高喊着"我是海燕",这既是一句线路修复之后的联络用语,也充满了勇敢的象征意味,使我年轻的心激荡万分。油画的技术如何我不知道,但暴风雨中的女通信兵,却成了我的青春偶像。我想,要是我当通信兵,力争比她干得还棒。打仗时,我会用两手把线路接通,让进攻的命令通过我的身体传达到火线,立个功给大家看。

在树林里,小如悄悄凑近我的耳朵说,这次有五个名额,分到阿里去。

我从这一句话里听出了两个问题:阿里是哪儿?你从谁那儿听说的?

小如拢拢耷拉到眼前的头发说,阿里是西藏的一个地方,听说海拔有五千多米呢,高寒缺氧,还有好多地方根本就没有人去过,号称"无人区"。

我吓得倒吸了一口凉气说,既然是无人区,要我们去干什么?

小如说,普通人当然没有了,但有国防军啊。听说那里以前从来没有女兵,这次是头一回。

我说,你的情报还挺详细,哪儿来的?道听途说还是你自己编的?

小如说,你还挺高看我的,这样机密的消息,我就是蒙着头想它个三天三夜也编不出。是连长告诉我的。

我大吃一惊,说看连长那个严肃样,恨不能把我们都当成射击胸靶,怎会把兵家大事透露给你?

小如说，这事对你我是大事，对连长来说，不过小菜一碟。经他的手，把多少新兵送往四面八方啊。这是我给他洗衣服的时候，随口问来的。

我的疑问更大了，说，小如，你再说一遍，你给谁洗衣服？

给连长啊。小如清清楚楚地重复。

你为什么要给连长洗衣服呢？他难道是个残疾人，自己没有手吗？我很纳闷，惊奇中又很不以为然，看不起她巴结领导。

小如坦然地说，每天训练回来，一身泥一身土的，谁像你似的，那么懒，帽子脏得像炸油饼的锅盖，也不洗。我可天天要洗的，要不睡不着觉。好几次遇到连长，他一个男人家，洗衣的时候笨手笨脚，肥皂泡溢了一地。帮一下呗，顺手的活儿。在家的时候，我也尽帮着我哥。

我大笑起来，原来你把连长当成了哥，他就向你透露军情。

小如说，没事闲聊呗，话赶话地就说到那儿了。

我说，请继续刺探下去，特别是通信兵和卫生兵的比例问题。

小如说，你干吗特别关心这个呢？

我说，我讨厌卫生员这个行当，一天到晚遇见的不是病人就是死人，反正都是些没有笑容的脸，晦气啊。而且从根本上说来，我是一个缺乏同情心的人，所以我不想穿白大褂。

小如反驳我说，当个医生多好！治好了一个病人，人家全家都感谢你，会记你一辈子的。

我说，你怎么光想好事？就不想想若给人家治死了，全家都恨你，也许到海枯石烂。

小如说，为什么光想坏事？再说你就不会把本事练得精点，别把人家给治死吗？

我说，天有不测风云啊。再说人总是要死的，这是伟人说的……

我俩正拌嘴，果平跑过来说，你们躲在犄角旮旯，是不是正说我的坏话呢？背人没好事。

我们大叫冤枉。果平嘻嘻一笑说，既然不是说我的坏话，就把正说的话，告诉我吧。要不我不信。

我看着小如。消息的主要来源是小如，不能喧宾夺主。小如是个好脾气，虽然她不想把消息散布得人人皆知，但考虑到友谊至上，还是把所有的情报都告诉了果平。

我以为果平会激动得捶胸顿足，没想到她一撇嘴说，就这个啊，早嚷破天了。

我这才明白，有些消息的传布是不需要"海燕"的。

果平接着说，连分配中卫生兵和通信兵的比例是九比一，也已是公开的秘密。

好像有千吨陨铁自九天坠下，正好砸到我的头上。我揪着果平说，你这话当真？

果平说，向毛主席保证！

这是一句极有威力的誓言，我再也无法怀疑它的准确性。

小如沉静地说，看来只有极少数的幸运儿才能当上"海燕"，绝大多数都是"小白鸽"啦。

"小白鸽"是小说《林海雪原》中女卫生员的爱称。果平说，悲痛欲绝！我本来想若是一半对一半的比例，不吭不哈地等着，也许就会分我到通信站。没想到事实这般残酷！

完啦！我彻底绝望，近在咫尺就有竞争者。我简直想变成老鹰，把小白鸽抓走几只。

河莲走过来说，这次分配最艰苦的地方是阿里。越是艰苦越光荣，我想写一份血书，你们谁与我同甘共苦？

果平说，哈！我只是在小说和电影里才看到血书什么的，没想到真有人打算这么做！太棒了，我的血和你流在一起！

现在果平和河莲成了一伙的了，神采飞扬地看着我和小如。

小如描绘的阿里，令我心惊胆战。要是分到我头上，那是没法的事，军人以服从命令为天职。可我不打算主动争取，那里离家太远了。再说我的理想是当一名通信兵，阿里要的都是卫生员。我要写了血书，就从根上绝了成为"海燕"的希望。

不想宁静的小如抢先说道，我写血书。

一下子局面成了三比一，我变成失道寡助的少数派，心里不由得有一点慌。想想海燕飞舞的雨衣，我咬着牙坚持道，你们要写就写好了，反正我是不会写的。

果平和河莲有些失望，但她们毕竟人多势众，便不理我，一齐商量血书的操作规程。因为以往只是听人家说，真到了自己演练的时候，才发现有许多具体的步骤很朦胧。比如用什么部位的血呢？当然是用手指头上的血来得方便，可是"十指连心"，一想到要把好好的手指头扎一个洞，挤出血来，大家都直吸冷气。

我在一旁待着，有些尴尬，走也不好，继续留下，好像也不伦不类。我胡乱找个碴儿要溜，小如却拼命扯我的袖子，要不是军装缝得格外结实，简直要揪出个窟窿。

我说，你到底要干吗，跟抓壮丁似的？

小如说，上厕所啊。咱们俩一起去吧。

我们的厕所离得很远，大概有几百米的距离，这样每次方便就有了散步的性质。两个好朋友一边走一边说，讲到开心处，有时真希望厕所修得更远一些，或者多喝几杯水，制造出的机会更多一些。

就算她们和我成了血书和非血书的两个阵营，也不能拒绝要同你一道上厕所的朋友吧？

我和小如默默地往前走。

小如说，你真的打定主意不写血书了？

我说，是。

小如说，其实也没什么，不过就是疼一下子。别人都能忍过去，偏你就不行？

我说，也不光是个疼的事，了不起就像得一回肠炎，再说得邪乎点就算悲惨地拉了一场痢疾，一咬牙一跺脚也就过去了。

小如笑起来说，我看你对医学还挺懂行的。

我说，我一辈子就得过这么两种病，疼痛如绞，记忆犹新。

在靠近厕所的地方，小如停下脚步，板着脸说，既然你不怕，我看你还是写血书的好。

看着她的严肃样，我很惊诧，因为她平时总是笑眯眯的，姐姐般的温柔和气，这是怎么啦？

小如看出了我的心思，小声解释道，我听连长说，他就是要用敢不敢主动要求去阿里来考验一些人。要是你主动要求了，也许就不让你去了，特地按照你的爱好，分你一个想去的地方。要是你缩手缩脚地不表态，往后躲，就偏让你去。

我好似被人兜头灌了一脖子的冷水，脊梁骨变成一根又硬又直的鱼刺，鲠在那里，回不过弯儿。原想，革命大家庭温暖和谐，不想还有阴谋埋伏在里面。

我一急，结巴起来，说，河莲她们……都是……知道了，故意才……是吗？

小如说，我不知道，也不愿瞎猜。估计她们不明白这里的奥妙，真是一腔热血。你想啊，连长是多么精明的一个人，哪里能让大家都摸了他的底牌，那他的考验还有什么意义呢？

我稍微缓过一点神来，淡淡地说，热血也好，冷血也好，反正我是不打算写血书的。

小如说，我把话都说到了这个份儿上，看在咱俩是好朋友，才把这天大的秘密告诉你，你怎么就这样不开窍！

我说，小如，你是一番好意，我领情了。我要是不知道这个底细，也许你劝劝我，我也会写的。可我既然知道了，我是说什么也不会写的。我不想当卫生员，我不愿去阿里，我也不做这种装样子的事。

小如急了，说，你怎么这么固执呢？大家都写了，就你一个人不写，不就显得你太落后了吗？你写了吧！连长私下问过我愿到哪里去，说他可以照顾我。我反正只是想当个医生，这回学医的名额多得很，我也不需要他特别为我做安排，我求求他，让他分你去当"海燕"。

我一把捂住小如的嘴说，你别侮辱了我心中的"海燕"。

小如气得眼眶里注满了泪水，说，小毕，你这样不懂别人的心，我是为了你好！

我说，小如，你的这份情谊，我会永远记得。只是我不能违背自己的心愿做事，你该理解我。

往回走的路上，我们一句话都不再说了，因为所有的话都已经说完。我们看着远方，那里有很多云彩，像棉花垛一般笔直地堆积着，渐渐地耸入遥远的天际，在云的边缘，形成了峭壁一般险峻的裂隙。云像马群一般飞腾着向我们扑过来，粗大的雨滴像被击中的鸟一样，从乌云里降落下来，砸到我们的帽子上，留下一个个深绿色的斑点。

快回去吧。我对小如说。

这儿的雨和内地的雨不一样。我家乡的雨，很细很小，牛毛一般。你要是不留意，好像感觉不出来似的。但它的后劲很大，你在雨中走一会儿，全身的衣服都会湿透，阴冷会一直沁到骨头缝里。这儿，雨来得很猛，可是这一颗雨滴和那一颗雨滴之间，隔得很远，简直能跑一只骆驼呢！小如说。

我不知她为什么要说这些关于雨的没什么意思的话。从领新军装那天起，我们就是要好的朋友。但我拒绝了她最后的忠告，分手就在眼前。可能她不愿伤感，才故意找个轻松的话题吧。

整个连队掀起了如火如荼的写血书运动。我本想离这件事远一点，后来才发现完全躲不开。这个屋子的人在写，那个屋子的人也在写，你总不能老是待在操场上像长跑运动员一般乱转吧。这是一件让人可以充分发挥想象力的事，大家八仙过海，各显其能。手指上的血量很少，再加上很快就凝固了，根本就没法写字。后来就有人割腕取血，血虽然多，但那女孩子脸色苍白，一副快要晕过去的样子，把老兵班长吓得不轻，坚决制止了此类盲动行为。后来不知是谁，发明了一种节约而科学的方法，用少量的血，掺上一部分红颜料，再兑上水，就调成了一种美丽的樱红色，写出字来艳若桃花。

我东跑西颠，把大家的发明创造互通有无，像个联络员。

终于到了最后分配的日子，不想连长陷入了困境。因为写血书的人太多了，也闹不清谁是最勇敢最忠诚最大无畏的。连长不愧足智多谋，他把堆积如山的血书放在墙角，实施新的选择方案。

那是一个晴朗的日子，扎着武装带的连长，像一株笔直的白杨，站在操场中央，对所有的女兵大声发布命令——面向我，按个子高低，成一路横队集合！

我们都愣了一秒钟。这是一道古怪的命令，想想吧，一个连二百多人呢，平常都是成几路横队或几路纵队集合，方方正正才像队伍。就算连长萌发新招，编成一路纵队也够标新立异了。现在可好，一路横队，士兵像鲫鱼似的一个挨一个要排出多远！还要按个子高矮，真是复杂啊。

但谁敢不服从命令？片刻犹豫之后，大家都迅速寻找自己应该站的位置。其中又发生许多混乱，女兵招收时对身高要求很严格，个头集中在一米六到一米七，同样身高的人，少说也有十几个，实在难分上下。彼此推推搡搡，各不相让。还有的人，入伍时测的身高，部队的伙食好，新兵训练这两个月蹿起一截，按照旧印象排队，显然比旁人高出个脑袋尖，就得重新调换地方。还有的人因为胖瘦不同，引起视觉上的误差，非得背靠背地比个高矮，才能分出伯仲，难度不亚于一道数学题。

操场上吵嚷得像个蛤蟆坑，要是往日，连长早火了，非大声呵斥不可。但今天，竟是出奇的好脾气，由着女孩们颠来倒去地比量，直到每个人找好了相应的位置。

队伍排得实在惭愧，因为太长，形成了一个大大的"S"形，好像一道漫长的绿色篱笆，被大风吹过，前拱后弯。依连长往常的性子，必得让解散了，重新集结。但这一回，连长的容忍度极好，犀利的目光像梳子，从队头刮到队尾，又从队尾刮到队头，仍是什么话也没有说。

我偷着往四处瞧了瞧，好朋友都彼此隔得很远，大家是一片茫然，不知道连长玩的什么把戏。

连长调整了一下自己的位置，主要是大踏步地向后面退去，然后立定。他像一个等边三角形的顶点，在远远的地方，严峻地注视着我们。他那双猎鹰般的眼睛，睁得很大。

待他看到队伍自发地调整为笔直以后，温和地发布了第一道口令：单双数，报数！

每个女孩子都竭尽全力把数字报得很响，记得我是"二"。说句实在话，我不喜欢"二"，比较爱好的是"一"。报"一"的时候，嘴咧得很开，音波清脆嘹亮，好像时刻在微笑。报"二"就不同了，上下唇基本不动，喉咙里发出古怪的一声，好像吃多了白薯，打嗝似的。想想看吧，古代的故事里，老大总是勤劳勇敢的，老二多半又懒又馋。

唯一可以安慰自己的是，我听到河莲、小如和果平，报的数也都是偶数。人嘛，只要有和自己同命运的好朋友，就有了安慰。

大家注意，听我的口令，偶数——向前——一步——走！连长拖长了嗓音，发布新的口令。

于是大约有一百个女孩向前迈出一步。这样操场上就有了两条彼此等长的队伍，像一个巨大的等号。

大家都不知道连长葫芦里卖的什么药，充满了人的操场显得异样的安静，好像一片旷野。

连长又让我们继续报数。他稍微变了一下方式，不再是把我们分成一、二两组，而是让大家一五一十地报，然后命令逢五逢十的人向前迈一大步，好像农村赶集时挑选的日子。这时迈出向前的人明显少了，好像间过苗的庄稼，又被田鼠吃了一些秧苗，隔好远才稀稀拉拉地有一个人。

人们越发莫名其妙，连长当然不作任何解释，他按照自己的预定方针，继续发布命令，让站在队伍最前列的那排人，按一定规律报数，命令逢到某个特定号码的人向前迈步……几番操作下来，剩下的人越来越少，大家的好奇心也越来越强烈。

现在，站在最前列的只有——五个女孩子了。我很想看看都是谁，可是不行。连长的目光像探照灯一样盯着我们，只要你稍微拧一下脖子，立刻就会被他发现。

连长走到我们面前，对着我们五个人，也对着操场上所有的女兵说，现在我宣布，站在最前列的这五名，光荣地被选为第一批奔赴西藏阿里的女战士。这是她们的光荣，也是我们所有人的荣耀。让我们以热烈的掌声，欢送她们走上共和国最高的国土……

掌声暴风雨般地响起来，缠绕我们许久的问号，就被连长用这样宿命的方式，三下五除二地解决了。

连长接着用毫无感情色彩的语调，念出其余人的分配名单，对谁都是一视同仁。

直到这时，我才有胆量偷偷斜了旁边一眼，哈！果平、小如、河莲都和我并排站着，还有一个瘦弱的小姑娘，站在队伍的尾巴上，她叫苏鹿鹿。

和朋友们在一起的狂喜，冲散了我不愿当卫生员的愁云。况且我也想通了，即使我不被分配到西藏去，也很难保证能当上"海燕"。听天由命吧，也许我的命里注定，必须要在工作中见到许多呻吟的人。不管怎么说，就算上班的时候愁眉苦脸，下班以后可以和伙伴们开心一乐，也该知足啊。

解散以后，大家立刻把我们几个围起来，充满好奇之情，好像此刻的我们已和大家有显著的不同。

我大叫，不要这样看着我们好不好？好像我们不是要到阿里去，而是从阿里已经绕回一圈似的。

大家就笑起来说，毕竟你们是要到那么遥远的一个地方，仿佛去另一个星球。到了那里，可千万记得要给我们写信啊。

我说，你们那么多人，我怎么写得过来？等我以后当了作家，写一本书，你们大家传着看吧。

大家就笑个不停，说，这个家伙多么会吹牛啊。

连长走过来，大家的笑声立刻停止了，等着听他的指示。连长不看大家，单对我们五个说，现在，你们已经是西藏阿里边防部队医院的战士了，我们已经用电报通知了那里，工作很忙，要求你们立即上山。

我小声嘟囔了一声，为什么不用电话呢，那可比电报要快得多啊。

连长看着我，说，那里不通电话。我们只能用最简练的词句，把最多的内容用无线电波传递上去。

大家都不由自主地吐了吐舌头。连长并不理睬我们的惊讶，也不看大家，只是对着我们五个人说，上山的路途艰难而遥远，你们要做好充分的思想准备。为了领导方便，你们选出一个班长来。

大家面面相觑。自当兵以来，凡事都是领导指定，今日如何民主起来？

河莲最先说出我们的心里话，选什么？连长看着谁合适，就让谁当呗！

一向说一不二的连长破天荒地缓缓说道，从现在开始，我已不再是你们的连长，你们已经完成了新兵的训练课目，就要走上工作岗位。希望你们能够记住这一段岁月，它是你们军旅生涯的开端。

大家的鼻子都有些酸，感觉到了分手就在眼前。想想连长虽然严厉、偏向，但也有可敬可爱的地方。比如，这一次分配，就并没有利用自己手中的权力，做什么特意安排。他宁可用一种概率的方法，来决定大家的命运。

我们伤感了一会儿，才发觉班长的人选问题，并没有随着心情的变化而解决。小如最先打破沉寂，说，我看就选小毕吧。

我吓得大喊，不同意！不同意！

大家齐刷刷地问我，为什么？

我说，谁不知道班长是军队里最小的官啊，当不当的，实在也说明不了是否进步。可吃苦在前，享受在后，身先士卒是第一位的。我这个人，从骨子里就比较怕苦怕累，要是有别人给我做了榜样，带领着我向前，基本上还算一个服从命令的兵。要是想让我冲锋在前地起到某种表率作用，实事求是地说，我做不到。

大伙看我这副不堪重任的样子，也就不勉强我了。但总得有个班长啊，连长等得不耐烦了，直搓手掌。我说，我提个人，你们可不能说我有私心。好不好？

大家说，真啰唆。没人议论你，快提吧。

我说，刚才小如提名我当班长，现在我再提她，好像有点互相吹捧的意思。我可真的是出于公心地认为，小如是班长的合适人选。她温柔细心，组织纪律性强，关心爱护同志，还爱给别人洗衣服……

大家笑起来，说同意同意，就小如啦！

连长大手一挥，宣布说，奔赴西藏阿里的女兵班现在组建完成，由小如担任临时班长。

走，到阿里去！我们五个女孩手拉起手。

　　女孩子的胃比男孩子的要小，所以，她们正餐时吃得很少，但经常要吃零食。

　　西藏能供给女孩子打牙祭的东西实在太少了，我们每天馋得思来想去，只好"精神会餐"。

　　有一天，果平对我们说："喂！想不想吃烤羊肉啊？"

　　大家异口同声地说："那还用问？当然想吃啦。"连我也跟着一块儿喊，虽然我不吃羊肉，但我喜欢凑热闹。

　　果平说："那我们先筹集原料。"大家就分头活动，很快就搞到了孜然、辣椒面和盐。但烤羊肉最主要的材料——羊肉，还在羊身上长着呢。

　　大家很着急，果平如此这般地把她的计划说了一遍，我们就只好耐心地等待一个日子。

　　西藏的羊群经过了一个夏秋的游牧放养，冬初的时候最肥了，要是不杀，经过一个冬天的折磨，到了来年春天，就骨瘦如柴了。在第一场暴风雪来临之前，炊事班长带领人在操场上预备把整个冬季吃的羊都杀完了。然后，把羊堆积起来，拎来水桶往剥了皮的羊肚子里灌水。这样经过一个严寒的夜晚，水就结成巨大的冰坨，羊像琥珀中的昆虫一般，保存得很新鲜。

羊肉暴露在室外，一年只有这么一个晚上。天一亮，班长就会把冻好的羊搬进库房。再想偷出羊肉，比登天还难。

那天，我们每个女孩子手里都捏了一把手术刀，静静地躲在屋里，盼望黑夜降临，众人入睡的时刻。

终于等到了。半夜时分，我们身穿皮大衣，偷偷地溜出房门。天黑得如同墨鱼肚子，冻彻骨髓的寒风把我们吹得东倒西歪，可是，大家都毫无退缩之意。有什么比在漆黑的夜晚冒险更令人兴奋的呢？

我们很快摸到了堆放冻羊肉的操场，除了成垛的死羊，这里空无一人。我们并不害怕，可是，对着城墙一般坚实的冻羊，不知如何下手。

果平掏出随身带的小手电，上下左右照了照说："每人找准一只羊，用刀子割肉。注意不要割了自己的手。"

我们手持利刃，纷纷持刀而上。手术刀倒是很锋利，但它太小了，好像一片银色的柳树叶，面对着骨骼完整的冻羊，简直是杀牛用鸡刀，实在力不从心；再加上羊身上结满了冰，好像披了水晶盔甲，又硬又滑，刀尖儿根本插不进去。

大伙儿忙活了半天，没有一点战果。果平不慌不忙地说："别着急，两个人一组，一个人扳住羊身子，另一个人用刀切羊腿上的肉，那儿的肉最好吃了。"

调整部署后果然奏效，我们割了几块羊腿肉，得胜回朝。牙齿冻得直打架，但心里得意极了。

到了屋里，把羊肉摊在桌子上的玻璃板上，切成樱桃大的块儿，蘸上作料腌好，这才发现了一个致命的问题——还没有烤羊肉的铁扦子哪！

大家你看我，我看你，大眼瞪小眼。果平一拍脑门说："把每个人的毛衣针拿出来。"

女孩子天生爱织毛线，每个人都有几副粗细不同的针。大家齐心协力把毛衣针贡献出来，凑成了一大把扦子。

我们用酒精棉球给毛衣针消了毒，然后，穿上羊肉块，撒上辣椒面，开始在炉子上烤。

那一瞬间，屋子里很静很静，听得见屋外狂风的呼啸，听得见羊油滴落在火焰上的吱吱声。袅袅的热气在女孩子们的头顶蒸腾着，有一种家的气氛在我们心中涌动。

那一夜，我们房间的灯很晚才熄灭。

第二天一大早，炊事班长吃惊地说："我的羊腿被谁挖去了几大块肉？雪山上出了窃贼，看来还是个老手。把羊身上最好的肉割走了。"

我们面面相觑，谁也不作声。

炊事班长又说:"其实,我巴不得大家多吃些肉呢,吃了肉身体好;只是这种冻了冰的肉,没有高压锅,谁能把它炖熟?可别吃坏了肚子。"女孩子们得意地交换了个眼色,大家还是不说话。

让炊事班长永远蒙在鼓里吧!他绝对想不到这些柔弱的女孩子,吃起烤羊肉来,个个像绿林好汉呢!

　　我十七岁的生日，是在藏北高原过的。那天，正好是军邮车上山的日子，这个生日便像美丽的项圈，久久地悬挂在我的胸前。

　　喜马拉雅山、冈底斯山、喀喇昆仑山，像三柄巨大的棱锥，将我所在的部队，托举到了离海平面5000多米的高度。我的生日在10月，这正是平原上麦垛金黄而干燥的时候，而昆仑山却已万里雪飘，就要封山了。封山是冰雪发出的禁令，我们将与世隔绝到春天。

　　战友们把水果罐头汁倾倒在茶褐色的刷牙缸里，彼此碰得山响，向我祝贺。对于每月只有一桶半罐头的我们来说，这是一场盛大的庆典。

　　但心中总有些淡淡的悲愁——我想家。

　　一位白发苍苍的老医生对我说："也许军邮车今天会来的。"

"你骗人！"我大叫。有时候猛烈地指责别人说谎，其实是太渴望那消息真实。

军邮车大约每月从新疆喀什开上昆仑山一次，日子并不准，仿佛一只来去无踪的青鸟。老医生戍边多年，他的话有时像符咒一样灵验。"每年封山前上山的最后一辆车，总是军邮车。山下的人都知道我们的心。"他晃着满头的白发，像一丛银针。

那天夜里，军邮车像破冰船一样，跋涉五天，英勇地到了，整个军营为之沸腾。我们真想欢呼，但军人只有打了胜仗才允许欢呼，我们屏住气盯着一处房舍。房舍门口站着两个威武的士兵。因为曾有一次迫不及待的边防军人们跑去抢信，从此，在军邮车到来的日子，分拣信件的房间便加站双岗。

各单位取信的人站在房外，一取到信就像古代的驿马接到加急文书，拔腿就跑，送给望眼欲穿的人们。

在高原上奔跑，不是一件轻松的事，这活儿一般都分给腰细腿长的年轻人，但白发苍苍的老医生执拗地要做这件事。知情的人私下里说他家中有很老的双亲、很弱的妻子、很小的孩子，想信比别人更甚。

老医生说："有一年封山的时间格外长，半年后军邮车首次上山，信件一直摞到分拣人的胸前。他们在信海中游走，呼吸都很困难。"

老医生抱着一大摞子信，我们扑上去抢。那时候干部去干校，知青接受再教育，妻离子散的多，信件也格外多。每个人都像蜘蛛一样，吐出思念思索的长丝，织一张自己的情感信息之网。

霎时老医生手中就空了，接下来是唰唰的撕信声，信皮的断屑萧萧而下。

我最先看的是父母的信，仿佛有一双温暖而柔软的手，从洁白的笺纸中探出来，抚摩着我额前飘动的乌发，心便不再凄然。

再看同学和朋友的信，我的同桌此刻在遥远的西双版纳，信中夹了一朵花的标本。她说这是景洪最美丽的花，有沁人肺腑的香气。夹花的那页信纸留有大片紫色的痕液，想象得出花盛开时的娇嫩。我低头嗅那被花液浸泡过的地方，哪有什么香气，有的只是纯正而凛冽的冰雪气息缭绕其中。

我连夜回信。平常的日子，营区是柴油发电机供电，每晚只亮两个小时，然后，就像木偶人似的眨几下眼睛，熄灭了。军邮车一来，首长便传令延长发电时间，以利于拣信和回信。首长其实也很盼信。

同屋的女兵嘤嘤地哭了起来，她的小侄子病了。我们都放下笔去劝她，然而，女孩子常常是这样的，越劝越哭得欢畅。

老医生悠长地叹了一口气说："告诉离得这么远的一个小姑娘，孩子的病就能好了吗？我家里人是从不这样的。"

不一会儿，女兵停止了哭泣，因为从老医生送来的第二批信中她得知小侄子的病已经好了。

"要有经验。"老医生说，"把信全拆开，码饼干似的排好，从最后面的看起，前面的只能做参考。"

这自然是至理名言。但这么办，时间长了，我们也发现了弱点。

好比一本回肠荡气的小说，快刀斩乱麻地先看了结尾，再回过头去细细咀嚼，便少了许多悬念和曲折。

那一次军邮车上山，老医生没有收到一封信。按照他的逻辑，没有信来也许就是出事了。他的忧郁持续了整个冬天。

在这海拔5000米的高原营地，每逢有人下山，就会挨门挨户地问："我要走了，要不要带信？"哪怕是平日最猥琐的人，在这件事上也绝对平和而周到，这是高原的风俗。

有时候突然写好一封信，又不知谁能带走，就在吃饭人多的时候喊："谁能下山，告诉我一声。"一次，一个素不相识的人对我说："我知道你父亲的名字。""你看过我的档案？"我问。 "不是，几年前我为你带发过家信。"我已经完全记不得是托什么人又转到他手中的，于是，赶忙表示迟到的谢意。

在我十七岁生日过去半年的时候，收到了西双版纳同学的回信："那朵花怎么是紫色的呢？它是雪白的呀！而且，绝不可能没有香气！"

信是老医生送来的，这是开山后的第一次通邮，他也很快乐，他的家里寄来了平安信。有时候他又突然疑惑，说他家里会不会有什么事瞒着不肯告诉他？我们都说不会不会，你是家里的顶梁柱，他们离开了你，根本就办不了事，怎么会瞒你？他也觉得很有道理，心就放宽了许多。

终于，轮到他探家了。他很早就告诉我们："下山时专门预备一个旅行包，为大家装信。"我便对着昆仑山皑皑的冰雪，咬着笔杆，从从容容地写了大约三十封信，每一封都竭尽我的才能。

我双手捧着这摞信，郑重地交给老医生。他的白发在雪峰的映衬下，晃动得像一盆水中的粉丝："你放心好了！我到了山下第一件事就是为大家邮信。假如回信快的话，下次军邮车上来，你们也许就能收到回信了。"

他走了。军邮车像候鸟，飞来一次又一次，但那三十封信却一封不见回音。原来，他下山乘坐的车翻了，这在高原是很平常的事。熊熊的烈火吞噬了他银发苍苍的头颅，那个装满信件的旅行包，顷刻之间化为青烟。

那三十封信，只有给父母的那封信，我重写了托人邮出；给其他人的，便再也提不起兴致。只要拿起笔，老医生的白发就在眼前灼目地闪动，眼睛便发酸。大团大团的冰雪，在我胸中凝结。

后来，在老医生的追悼会上，我才知道他的生辰，远没有我想象的那样老。满头灿然的白发，是昆仑山馈赠给他的不能拒绝的礼物。

他死了以后，军邮车还带来过他的家信。我第一次注意了一下地址，是广西一个很偏远的小城。又在地图上仔细寻找，那地方在北回归线以南，属于热带，该是非常炎热的。老医生的家乡，距离昆仑山，大约有15000里。

那封迟到的信，边缘已经磨损，好像烙熟又蒸了几遭的馅饼；几处裂口的地方，被薄而坚韧的透明纸粘贴过，上面打着蓝色的印章："邮件已破，军邮代封。"

不知这是否是一封报平安的家信？

　　我的工作主要是给随军家属看病，婆姨们的男人都在昆仑山上戍边。家里母子平安，前方的将士就英勇。我的工作很重要。

　　家眷都是从天南地北会聚来的，原来的农村，地广人稀，空气新鲜，不易患病。现在像羊群似的赶在一起，加之西北干燥寒冷，病人不断，忙得我不亦乐乎。

　　我的助手是卫生员小鲁，一个四川籍的小个子兵，长得没有什么特色，只是一对眼睛又黑又亮，滴溜溜地转，像蜜炼的中药丸。正是"文革"期间，他没有接受过正规培训，连劳动带扔手榴弹加在一起算是参加了几个月的卫生员训练班。不过心灵手巧，打针、换药、针灸都在行，每天围着我问这问那，总说学好了本领，回家给奶奶瞧病去。他奶奶有很严重的气管炎，喘得像堵了一半的烟筒。

一天，他对我说："毕医生，我想买点青霉素给我奶奶治病。"我给他开了处方，他买了药寄回去。过了些日子，他说奶奶的病比以前好多了，我们都为他高兴。可是，青霉素用完了，想再买些。我又给他开了处方，这次他没拿到药。领导说药不多了，工作人员不能老给自己买，得留给病人用。

边防站乔站长的独生子小旗病了，我开了青霉素打针，那剂量对一个五岁的孩子来说，足够大了。我向来崇尚毛主席他老人家说的"集中优势兵力打歼灭战"的策略，用地毯式轰炸。

连续打了四天针。孩子的病势丝毫不见轻。我很纳闷。这种怪症最近不断出现，用药像泼凉水一样。好像是一种极耐药的病菌侵袭了孩子。

有人说："这医生的医术不高，这么年轻，自己没生过孩子，哪里会给孩子瞧病？"

我说："我还没上过战场呢，可我治好过枪伤。"

人们便不再说什么了，但孩子的病日渐加重。我只有查书，把厚厚的书翻得如同柳絮飞花，怕自己贻误了小小的生命。

终于有一天，小旗的妈妈怯生生地问我："您给我儿子开的药，是一瓶还是半瓶？"

我说："是一瓶啊。"

她有些迟疑地说："那小鲁给我家小旗每次打的都是半瓶。"

我的心嗖地紧缩成一团，好像腊月天里一个冻硬的馒头。

这个小鲁！一定是他克扣了病人的药品，把青霉素私存起来，预备寄回家。

小鲁呀小鲁，这不是儿戏，人命关天哪！

我该怎么办？

当前最要紧的是赶快给小旗补上一针。

之后，我想了许久。

报告领导吗？小鲁从此就毁了。贪污病人的药品，就是贪污病人的生命！置之不理，更不行。要是让病人家属知道了，要是病人因此有个三长两短，非得有人找他拼命。

我把小鲁叫出来，对他说："小旗的病若是治不好，会转成肾炎、关节炎、心脏病……"

他惊愕地瞪圆了眼睛，说："真有这么严重？没有人给我们讲过这些。训练班里就讲过打针的时候要慢慢推药，病人不疼。"

我说："我知道你惦记奶奶，可你知道每一个病人都有他的亲人；你的心里除了装着你的奶奶，也要给别人留个地方……"

我说："你不要以为打针不过是把一些水推到肉里，就像盐进了大海，谁也看不见。不是的，科学是谁也蒙骗不了的，用了什么药该出现什么疗效，那是一定的。假如出现了意外，那可就要出了医院进法院……"

他的脸变得像包中药丸的蜡壳一样白。

"毕医生，我……我……"他说。

我赶快堵住他的嘴，就像黄继光堵枪眼一样果断，"哦，别说，什么也别说。世界上有些事情，记住，永远不要说。"

"你不说，就没有任何人知道。"

"你不知道我不知道，我们永远都不需要知道。不要把错误想得那么分明。不要去讨论那个过程，把它像标本一样在记忆中固定。有些事情不值得总结，忘记它的最好方法就是绝不回头。也许那事情很严重，但最大的改正是永不重复。"

小鲁的眼泪流下来。我不怕他流泪，我怕他说话。还好，他很聪明，听懂了我的话，什么也没有说。

我长长地嘘了一口气。

后来，小旗的病很快就好了，留守处再也没有出现过用药不灵的怪症。

再后来，小鲁因为工作认真负责，对病人春天般温暖，被送到军医大学学习，成了一名很优秀的医生。

只是不知他奶奶的病好了没有？有这么孝顺的孙子，该是好了的。

在高原上，爬山是家常便饭。就像你住在六楼，怎么能不爬楼梯呢？在拉练的日子里，攀登更是必备的功课，几乎每天都要爬山，爬山的实质，是人和地心引力做不懈的斗争。你用自身的体力，挣脱大地对你的控制，使自己向着太阳升去；如果你背的东西比较多，或者比较大，那就更倒霉了，你不但要付出和别人一样的努力，还得加倍拼搏。因为，那些东西如你多长出来的分量，就像秤砣般地拖住你的腿，逼你后退，你必须像扶老携幼的壮士，带着这些重量一道攀上高峰。

爬山的时候，喉咙会一阵阵地发出腥甜的味道，好像有一条流着血的小鱼，卡在那里。按说这很没道理，因为，爬山时最辛苦的是手和脚，手要紧紧地扒住裸露的山岩，无论多么尖锐的石缝，为了有个稳固的支点，你都必须把手指揳进去，好像在坚硬的墙壁上钉入十根铁条；脚像螃蟹的爪子，要么尽量向两侧伸展，以扩大身体和山石接触的面积，一旦发生下滑，可以最大限度地增加摩擦力；要么利用脚骨的斜面，把它变成没有知觉的木橛子，深深地揳入岩缝，就像在巨幅画像下钉两个巨钉，这样才能保证悬挂着的身体突然坠下时可挽救危局。至于躯干，恨不能生出壁虎似的吸盘，牢牢黏在悬崖上。

　　爬山使人体的各部分紧急动员，所有功能都充分调动起来，肌肉高度紧张，神经分外敏感。此刻的每一瞬间，都执掌着人的生生死死。说起来，喉咙也很要紧，因为它是气道，爬山需要消耗大量的空气，就像前方在打仗，公路上运输的弹药物品就格外多，要是供不上气，手脚必得瘫痪。偏偏高原上缺少的就是空气，喉咙就得拼命地工作；那种咸腥的感觉，一定是喉咙的某条微细血管崩裂了，沁出鲜血。一天，行军路上遇到一座险峻的高峰。尖兵报告说，曲折的冰崖阻住通路，攀登极为困难。领导给我们每人发了一条登山绳，让死死地系在腰上。

　　"干什么用的？这绳看起来还挺结实。"小鹿说。

　　"这是结组绳，你们三个人把它系好，就成了一个结绳组。"领导指指小鹿、我和河莲。

　　"什么叫结绳组？"小鹿追问。

　　"小鹿你怎么这么笨？结绳组顾名思义，就是用绳子把咱们三个人结成了一组。从今以后登山时生死与共，要活大家一块活，要死一起成烈士。"河莲快人快语。

领导点头不语，看来河莲解释得不错。"那咱们就成了刘关张桃园三结义，恨不同日同时生，但求同日同时死啦！"小鹿兴奋得两眼放光。领导不爱听，说："这只是万一时候的紧急处置措施，不要动不动就说死的事，你们还年轻。"

河莲思忖着说："要是小鹿掉下去了，还比较好救，她分量轻，一把就拽住了；要是小毕嘛，就有点危险，那么重。她要是万一失脚，只怕一个人会把我们两个人都拖入深渊，同归于尽。"我说："不就是因为我的吨位比较大，你们就这么害怕吗？好啦，我好汉做事好汉当，要是出现了可怕的情况，一定不会连累你们。我会自动把结组绳解开，和你们脱钩，一个人滑下去好了。"领导说："不许乱讲。真到了那种时候，更要同心协力，两个人的力量怎么也比一个人大。团结就是力量嘛！"

河莲说："我和小鹿这就在腰里坠些石头，提高自重，救小毕的时候把握大些。"

我说："指不定谁救谁呢！"

大家说笑了一会儿，一根绳子让我们格外地亲近起来。

拉练已经进行了许久，我们对爬山也司空见惯了。因为第一天行军就出现险情，领导调整了女兵背负的重量，让军马代我们驮一些装备。在后面的行军里，我们基本上可以保持不掉队了。我们自觉已是老兵，对山也有些满不在乎起来。等到那座陡峭的冰峰矗立在眼前，我们才知道，自己又一次低估了山的庄严和伟大。它横空出世，好像是盘古开天辟地时丢下的一支冰棍，高耸入云。经过亿万年冰雪的滋润，长得庞大无比，晶莹剔透。人踏在上面，像一只甲虫爬过，不留一丝痕迹。

队伍拉开距离，开始攀登。小鹿在最前面，我居中，河莲殿后。结组绳松弛地连接着我们，像一根保险索。在通常的时候，它并不影响我们的动作，只是无声地跟随着我们，好像听话的小狗。

爬山这件事，在没有出现险情的时候，基本上是你一个人单独挑战大自然。你和大山徒手格斗，每向上前进一尺，都是一个新的回合；你一步一步升高，山就一步一步退却。但山可不是好惹的，嫌你惊扰了它绵延千万年的安静，抽冷子就会给你一点颜色，让你措手不及。要是处置不好，也许就会在瞬息之间，以生命作为疏忽的代价。

我仰望山顶，上面有松软的冰雪，看起来离我们很近。我想，顶峰上的雪，和别处的雪，一定有很大的不同。要不然，它们为什么会落在山顶，而不是在山腰呢？就像深海和浅海的鱼是不一样的，高山上的雪更神秘，我一定要尝尝山顶上的雪。我们爬啊爬，谁也不说话。不是不想说，是不能说，因为一说话，容易分散注意力，发生意外。还有一个原因，雪像音乐厅里特制的墙壁一样，有很好的吸音效果，让你的声音像蒙在棉絮里呻吟一样，传不远，说起来很吃力。但是，冰多的地方，又当别论。平滑的冰是音响良好的反射体，相当于大理石板，会使你的声音发出清澈的回音。我们此刻能发出的最大声音，是不停的喘息声。

爬啊爬，距离山顶，好像只有50米的距离了。当我们费尽千辛万苦地爬过这段距离，发现山顶还骄傲地耸立在50米开外，漠然地俯视着我们。高原上稀薄的空气发生折射，使距离感变得虚无缥缈，给人错觉。我们并不懊丧，只是坚忍地向前、向上……

爬山很能锻炼人的耐力，在攀登的队伍中，你像一支射出的箭，只能一往无前地努力挺进，绝无后退的可能。我看见有一些鲜红色的小珠子，从嘴边滚落。我知道那是我把嘴唇咬破了，鲜血流了出来，马上又被严寒冻成固体。我一直不由自主地咬着嘴唇，好像那样就可以使自己积聚力量，保持高度的警觉，提高对付突然危险的能力。在攀爬中，人的思想变得很单一，就是抓牢山岩，不要被山甩下来。这样爬得久了，容易想别的事情。

我想，祖先创造"爬"这个字，真是聪明。它原本一定是预备形容野兽用的，爪和巴，表示所有的爪子，都紧紧地巴在地上，才能完成这个动作。我想，我的十个脚趾和手指，都是大功臣。假如没有它们劳苦功高地揪住山的毫毛，我一定会像一块圆圆的鹅卵石，叽里咕噜地滚到山涧里去了……

在我们就要到达山顶之前，我突然听到一种奇怪至极的"咝咝"声，好像是毒蛇的舌头在搅拌空气。当然这是绝不可能的，阿里高原因为酷寒，是没有蛇的；就算是有蛇，也绝不可能在冰天雪地里生存。恐怖的声音到底来自何方？没容我思索，腰间仿佛挨了致命的一击，猛地抽紧，勒得我喘不过气，一股螺旋般的下坠力量，像龙卷风一样吸住了我，裹着我迅猛地向山底滑去。我在极端的恐惧中明白了——那毒蛇般的声音，是结组绳快速收紧，摩擦冰面的响声。河莲遇到了巨大的危险，正在滑向深渊。随即我看到小鹿在我的上方，也被绳子揪动，开始了危险的下滑。这就是结绳的力量，它把我们三个联成一个统一的生死与共的集体——要么共赴深渊，要么同挽狂澜。

稳住！一定要稳住！我听见河莲在喊，小鹿在喊，我也在喊……其实那一瞬间什么声音都没有，只是我们的生命本能在发出共鸣。我们被惯性拖着向下滑，就像坐滑梯，越到后面力量越大。当务之急是拦住我们的身体，阻止致命的下滑。我们每个人都像八脚章鱼一般，拼命扩大自己与山体接触的面积，以增加摩擦力。见到任何一条岩缝，都毫不犹豫地把手脚插进去，鲜血直流却毫无知觉。脚蹬掉一块又一块石头和冰块，听它们发出震耳欲聋的轰鸣声。七手八脚飞快地做着霹雳舞中类似擦窗户的动作，由于极度的奋力，动作扭曲得可怕。我们甚至把脸也紧紧地贴在冰面上，利用凸起的鼻子和眉毛，使身体滑动的速度减慢……终于，恐怖悲惨的下滑停止了。河莲被一块冰凌阻挡在半山腰，我们从死神手里赢回了关键的一局。我们彼此看了看，脸色都像铁一般，冰冷坚硬。擦破皮的地方并没有鲜血流出，它们被冻住了，成了淡红色的冰。

哈！我们还活着！这是多么值得庆贺的事情啊！我们揉揉脸上冻僵的肌肉，彼此做个鬼脸。我抖了一下结组绳，沾满冰凌的绳子，发出吱吱的声响，好像一根巨大的琴弦，也在为我们高兴地叹息。

剩下的事情，就是继续攀登。在经历了一次生与死的模拟演习后，我们更加小心地珍惜生的权利。爬啊爬……我几乎已经不去想顶峰的事了，只是机械地爬……突然，眼前一亮。整整几个小时，我的眼帘儿里除了冰雪还是冰雪，我们已经忘记了世界上还有其他的颜色。一片极大的蔚蓝色，像大鸟的羽毛，无声地将我覆盖。阳光温暖地抚摩着我的额头，把一种让人流泪的关怀，从九天之上无边无际地倾泻下来。啊，顶峰到了！顶峰是很小的一块地方，眼前一片凄凉的空寂，什么都没有。不，不对，这里有太阳和风。太阳在比你更高的地方，孤单地悬挂着，等着你来做伴。风几乎是和你一般高矮，掠着你的肩膀和头发飞过，好像要把你征服山的消息，带到远方。我捏了一小撮雪，没敢取得太多。我想山顶上的雪，必有一种神奇的魔力，我应该给其他登上山顶的人留一些。伸出舌头舔了一下，遗憾得很，山顶的雪和别的地方的雪，味道是一样的。如果一定要找出它有什么不同，那就是有一点咸、有一点甜，那是我咽喉的血混到里面了。

我站在山顶的时候，小鹿在下山的路上，河莲在上山的路上，结组绳像金字塔的两条边长，山顶暂时成为它的制高点。我轻轻抽了抽绳子，她们都感觉到了，给了我一个回应。我感觉到这是我们的生命之绳。山是不能被征服的，我们爬上了山，又迅速地离开了山，我们只是山的匆匆过客。当我们还不曾来到这个世界的时候，山就存在了；当我们已经不存在的将来，山依然存在。和山相比，我们是那样渺小，可是人也是很伟大的，以我们渺小的身躯，由于努力和团结，我们终于也有一瞬间，站得比山更高，群山匍匐在我们的脚下。我又向四周张望了一下，然后下山。不知为什么，登上山以后，人很容易感到心里空荡荡的，好像把一种很宝贵的东西安放在雪山之巅了。

我们默默地下着山，不断地对付着险情。俗话说，上山容易下山难。上山的时候，容易避开危险；下山则不然，脚心也没长眼睛，一不小心就出问题，有几次我失足下滑，要不是结组绳帮助，也许就会像在幼儿园滑滑梯一样，一直滑到雪山的肚子里，再也不见天日。

下了山，重新回到坚实的土地上，我们把结组绳解开，回头仰望高山，几乎不相信我们用自己的双脚，把它一尺尺量过。但结组绳上的冰雪可以做证，我们用集体的力量，曾经到达过怎样的高度。

　　女孩子都喜欢照相。哪怕是最丑的姑娘，也会在青春年华，偷偷地留下倩影，没人的时候反复端详，找出面容上最经看的部分，为自己鼓劲。而且相片这东西还有一个特点，就是拍照的当时，你基本上都不满足，不中意，随着时间的流淌，逝去的时光变得越来越宝贵，你就后悔当初为什么不多照一些相片了。

　　高原上的女兵，对照相这件事的认识，一直很清醒——这就是抓紧一切可能时机，尽可能多地留下照片。倒不是有什么先见之明，想到在白发苍苍的时候，可以指着自己早年间的照片，瘪着没牙的嘴，对小孙女说，看，奶奶当年也有英姿勃发的时候，怎么样，很靓的吧？……主要是我们兵龄不长，穿上这种新服装的样子，自己还没有欣赏够，就被运到了雪山上。家里人、同学、老师、朋友、亲戚等，跟在屁股后面要你寄照片回去给他们看看，要是久久寄不到，简直怀疑你这个兵是个冒牌货。照相成了当务之急。再说周围的景色，实在是太像火星了，寸草不生的岩石，给人一种宇宙人的感觉，我们也急不可待地想让远方的人欣赏和惊讶。

到达高原，我首先知道了女厕所和食堂的方位之后，第二个急需打听的问题就是：照相馆在什么地方？

接受我询问的是个小伙子，个子高大，相貌英俊，缺陷是脸色有些苍白。自我介绍姓胡，是个技士。我想问对了人，老头有可能不知道照相馆的位置，这模样的同龄人必会了如指掌。

胡技士很惊奇地看着我，好像我问他的不是一处平常所在，而是赌场或是火箭发射塔，停了一会儿才说，这里不是平原，没有照相馆。

我说，怎么会？雪山上这么多兵，远方的家里人就不想知道自己的孩子变成什么样了吗？就是他们自己不想照，家里人也会催个不停。

胡技士说，雪山上的兵，并不像你想的那样多。就算每个人每年照一张相，照相馆也没多少生意。摄影师会饿死。

我说，我，还有我的战友，就是说所有的女兵，一年每人最少会照十张相。

胡技士冷笑起来说，就算你们每人一年照一百张相，也没用。你们才几个人！

我说，还有你们嘛。人多力量大。

胡技士说，我两年才照一张相。主要用途是相亲的时候，家里人给对方看一看，就足够了。剩下的事，就是省下钱来，把看过我相片的女方娶过来。

我对胡技士悲天悯人地摇摇头。在照相方面，此人实在是胸无大志，不可救药啊。

我把从胡技士处得来的情报，告知女友，屋内一片哀鸣。片刻后，小鹿第一个打破悲痛的气氛，对我说，咦，你不会搞错吧？

我很气愤这种明显不信任的口气，马上同胡技士站到一个立场上，说高原上只有这些兵，就算把照遗像的概率都考虑进去（遗像每次要照很多张），摄影师也要饿个半死。

小鹿不服，说你从一个光着脚的人那里，是打听不到卖鞋的地方的。

我反驳说，既然大家都光着脚，你凭什么断定这里有鞋铺？

正吵得不可开交，小如到外面转了一圈回来，说，百闻不如一见。我有一个新发现，在不远处的僻静角落，有一间小房子，上面有个牌子，写着"照相室"。

我傻了眼，说小如，你没有骗人吧？

话刚出口，我就用手捂住嘴。小如哪里是骗人的人？再说，我从心里希望这是真的。小如并不计较我的怀疑，很诚恳地说，我也搞不清那到底是个什么地方，安静极了，也没个人可问。要不，咱们一齐去看看吧。

我们三个立刻跑出去，剩下的人等我们消息。七拐八拐，果然找到了一所孤立的小屋。千真万确，门楣上悬挂的牌子上写着——照相室。

周围很静，好像是被人遗忘的角落，但打扫得很干净，分明透出经常使用的痕迹。

这是一处秘密照相点。摄影师怕被人打搅，所以弄得很隐秘。小鹿很有把握地说。

小如过去敲敲门，里面一点动静也没有。小鹿说，你动作太轻，好像是敲幼儿园的门。看我的！

她捏起空心拳头，直擂两页门扇的接壤处，木板的震动加上铁插销的共鸣，一时间好像闹起了小型地震。

谁啊？耐心点！正洗相呢，等一等！里面回答。

天地为证，我们几双耳朵，都清清楚楚听到了"正洗相呢"这句话。啊呀呀，踏破铁鞋无觅处，得来全不费工夫。小鹿满脸功臣神色，好像这个照相室，是她在片刻间用拳头砸出来的。小如比较有涵养，一声不响退到一边，但掩饰不住的兴奋，还是把她的嘴唇烧得更红了。她是我们之中最漂亮的女孩，自然对照相有着刻骨铭心的热爱。至于我，满脑子想的是，赶快把胡技士揪了来，让他揉着眼睛，目瞪口呆地向我们道歉。

等待中好像过了一千年，门终于沉着地打开时，我们看到了一张血色不足的脸。因为长时间在暗室里工作，摄影师眯缝着眼，一副见不得天日的样子。

揉着眼睛，目瞪口呆的人——是我——那个摄影师不是别人——正是胡技士。

我说，你怎么在这里？

他说，我怎么就不能在这里？我一直就在这里工作啊！

我火了，你说这里养不活摄影师，原来是自己在吃独食啊！

胡技士愣了片刻，好像突然明白了，说，看来我们之间有点误会。欢迎你们参观我的工作间兼暗房。

我们三个鱼贯而入，小鹿在我耳边低声说，原来你和摄影师早就通了消息，倒把别人蒙在鼓里。

我抗议道，谁知道他在这里像个特务似的潜伏着啊！

屋里很黑，一盏红色的小灯，好像糖稀已经融化光了的冰糖葫芦，几乎没有光芒，只是一个稳定的红球，用朦胧的光晕勾出大家的身形。地中央摆着一台硕大的机器，桌上有一个盛着药水的白瓷方盘，几张底片，红鱼一般泡在水里，看不清眉目。

你的机器，比一般照相馆的复杂多了。照出的相，一定也漂亮得多。小鹿四处张望着说。

漂亮不敢说，比一般照相馆清晰，那是一定的。胡技士似笑非笑地回答。

只是你这墙上没什么好背景，海呀小亭子什么的，拍出来一片煞白，怪扫兴的。不过，也凑合啦，主要是把人物表情拍好就成。不知道你手艺如何？小鹿很内行地评点着。

红灯下，胡技士的脸红彤彤，说，我经过正规学校三年学习，手艺应该是没问题的。

哟，光一个照相，你就学了三年，那可真是老师傅了。小如说。

胡技士的脸更红了。

我说，胡技士，你什么时候给我们照相啊？

胡技士说，我照的相，和你们平常见的相片不大一样。不过，按我的观点，一个人一生，是应该或者说是必须留下这种相片的。

小鹿说，我的相片的最大意义，就是要照得比我本人胖，这样我妈看到的时候，就不会哭了。要不然，她一定会流着眼泪说，看，我家小鹿太瘦了，简直变成鹿脯了……

胡技士说，我能做的事就是实事求是，保证与你本人分毫不差。

小如凑到我的耳边说，我怎么觉得他这个照相馆与众不同啊？

我揣测着悄悄回答，咱们平常照相的时候，看到的就是摄影棚那一小点地方。山上房子有限，把很多后期工作的设备都挤到一起了，难怪咱们看着眼生。

小如半信半疑地不再说话。

小鹿说，今天我们好不容易找到这个地方，你是不是就百忙之中为我们了此心愿？

胡技士迟疑了一下，还是答应下来，问道，你们谁先来啊？

小鹿当仁不让，说，我先来。

我说，小鹿，冲锋的时候你也这样勇敢就好了。

我们躲到一边。小鹿站好，庞大的机器移动起来。那钢铁家伙看着蠢笨，活动还挺灵巧，按着胡技士的指挥，左旋右转，好像是大象在跳舞。

好，你站好，不要动，头稍向左一点，好，就这样，屏住气，坚持一下，对……好，好了……现在我们再照一张侧面的。你的头转过来，对着墙壁……很好……好！

胡技士口中念念有词，像符咒一样，小鹿就像木偶，服从摆布。不一会儿，照相结束。小鹿刚松弛下来，马上又痛苦地大叫，哎呀，我忘了说"茄子"了！

什么茄子？咱们这里一年无菜，不要说茄子，能有蒿萝卜吃吃就是天大的福气了。胡技士不屑地说。

不是吃的茄子，是表情。茄子会使我的嘴角微笑，你这个摄影师，也太不负责任了，为什么不提醒我注意表情呢？哼，要是照出一副哭丧相，我要你重照！小鹿不依不饶。

放心好啦，我绝不会把你照成哭丧相的。表情并不重要。胡技士很有把握地说。

轮到小如了，她按照小鹿的位置站好，很矜持地微笑着，看来想留下一副倾国倾城的玉照。没想到胡技士说，我不给你拍面部了……

小如大惊道，你难道要照我的后脑勺吗？或者说是照没有头的相？只剩脖子以下部分，那不成了无头女尸！

我说，小如你别胡说，摄影师说的是背影。小如你自己不知道，你的背影真的很好看啊。

没想到胡技士不客气地纠正我说，不是拍背影。是拍手的特写。

轮到我们把嘴张成三个大大的"O"，齐声问，手？那有什么好拍的？不是白白糟蹋胶卷吗！

胡技士不理我和小鹿，单独对小如说，我看你哪儿都很完美，只是身高欠缺一些。拍了你的手，我就能知道你是否还有长高的希望。如果多吃些钙，可能会有帮助的。

我和小鹿大眼瞪小眼，不知该说什么。搜肠刮肚也不记得以前的照相馆，是否还开展过测量身高的业务。小如的脸兴奋得比灯泡还红，她知道自己是美女，但对不足也有很清醒的认识。现在有人说能帮她，自然十分感激。

于是小如伸出纤纤素手，按照胡技士的指挥，做出五指并拢的姿势，规规矩矩照了一张手相。

好了。下一个。胡技士又恢复了淡淡的语气。

就照一张啊？小如有些不满足。

一张就足够了。胡技士不容置疑。

轮到我了。照头还是照手？我问。

胡技士从头到脚打量着我，半天不作声。我吓了一跳，心想他不会让我照一张"脚相"吧？我昨晚上忘了洗脚，万一当众亮相，在这密闭的屋子里，定是有碍大伙的鼻子。

阿弥陀佛，胡技士网开一面，说，就照一张半身的吧。

大家留影完毕，小鹿说，什么时候取相？

胡技士想想说，如果没有其他特别的工作打扰，下午你们就可取相了。

小鹿说，这么快！你不收加急费吧？

胡技士说，用的都是边角料，基本上是废物利用，不收钱。只是请你们保密，不要对别人说，那样工作量太大，我招架不了。

从那间写有"照相室"的小屋出来，我们三个乐得合不拢嘴。午饭的时候，我暗自笑了好几次，差点把饭粒呛到气管里。

下午，我们如约又到了胡技士的工作室，这回房间没上锁，我们走进去，胡技士说，正好，片子刚制作出来，效果还是不错的。

我们急不可耐地要观赏自己的尊容，忙说，请把相片给我们，到太阳底下去看。

胡技士说，还是在屋里看得比较清楚。

小鹿说，你这个屋黑得像个菜窖，要看也得把窗户打开啊。

胡技士说，那倒不必。我有特殊的灯光设备。

说着，他打开竖在桌上的灯箱，雪亮的荧光灯把一大块毛玻璃照得像半透明的冰川。胡技士拿起一张照片，往特殊的夹子上一戳，相片就镶在了玻璃上，影像顿时纤毫毕见。

首先映入眼帘的，是一个骷髅头，眼眶凹陷，鼻骨高耸，嘴巴是个黑窟窿。

老天啊，这是什么？是你从坟墓里挖出来的死人头吗？小鹿惨叫起来，指甲深深地抠进我的胳膊。

这正是你的头颅正位片啊。胡技士说着，把另一张底片镶入玻璃。这次出现的影像更恐怖，是半颗惨淡的人头白骨。

不等我们缓过神来，胡技士又把一张较小的底片插上玻璃，在雪亮的灯光中，一只枯瘦如柴的手骨架像九阴白骨爪似的，五指朝天，冷冷地戳向天花板。

胡技士面向小如说，这就是你的手指骨骼图。观察骨骺融合的情况，你还很有长高的潜力。今后你多吃点钙吧。

胡技士马上又换了一张片子……不用说，那是我的半身相了。我凑过去一看，吓得闭上眼睛。从此我算明白什么叫"形销骨立"了，骨头架子上，倾斜着摆着一列肋骨条，每一根都似巨大的丝弦，好似能奏琵琶古曲《十面埋伏》。

我们终于明白了胡技士的所谓"照相"，就是——X光拍片。

你这不是鱼目混珠，取笑人骗人吗！小鹿怒不可遏。

我可没骗人，一开始我就说，我的相片和别人的不同。在医学术语里，X光就是叫照相。我在医校学了三年放射专业，不信你们可以去查档案。胡技士不急不恼，含笑辩解。

可你这样的照片，我怎么能寄给妈妈？老人家还不得以为我已变成了饿死鬼？小鹿愁眉苦脸。

寄给妈妈是不妥，但自己保存很有必要。人有一张自己的骨骼图，就像拥有永不褪色的证件，无论你的外形怎样变化，骨头是不变的。

比如希特勒的尸体被烧焦了，最后确认身份，靠的就是他生前看牙病时拍的 X 光片。胡技士谆谆教导我们。

小如本来对胡技士心怀感激之情，因为给了她一个好消息。听到总是谈论不祥的事情，忙说，说点别的吧。老讲这个，让我想起谋杀案来了。

胡技士说，很抱歉，让你们生出不美好的想象。但我真的非常热爱我的工作，恨不得让天下所有的人，都拍一张 X 光照片，留作纪念。

我说，胡技士，您的敬业精神当然很让人感动，可是我们的实际问题，并没有得到很好的解决啊。我看你这儿洗相的家伙挺齐全的，虽说你的专业是照骨不照皮，毕竟沾亲带故。你就给我们想想办法，拍几张正儿八经的照片吧！

大家都眼巴巴地看着他。胡技士搔搔头上的白色工作帽，说，只有一个办法，就是你们让家里人寄胶卷来，我在这里想办法借照相机，然后给你们照相。X 光片和普通胶卷的冲洗过程大同小异，我努力摸索一下，估计问题不大……

小鹿打断他的话说，别光是底片啊，我要看真正的相片，布纹纸或是斜光纸的……最好能放大，要是你再学会了上色，那就更棒了。

胡技士说，那还得找人买相纸、显影液、定影液、烘干机、上光机……麻烦着呢……谢谢你对我的信任。

小鹿说，艺不压人。我们愿意当你的试验品，你就好好练本事吧。

胡技士哭笑不得地说，试试吧。最好别对我寄太大的希望。

我们谢了胡技士，拿着生平最丑陋最古怪的相片，回了宿舍，不敢给任何人看，自己也不敢看。尤其是夜里，烛光下，它能给人一种神秘莫测鬼魅丛生的感觉。不知她俩的留影后来如何处置，反正我把那张"琵琶精"照片，偷偷给扔了。不管它在科学研究上有多大的价值，我可不想让自己一副从古墓里爬出来的模样。

至于我们的照相生涯，注定了还要有许多磨难。胡技士虽然热心，终不是专业人员，几次试验都以失败告终。他自我解嘲道，我是一个特殊的摄影师，只能拍那种深刻到骨头的照片。至于血肉丰满的形象，还是留给普通的摄影师们干吧。

拉
练

"拉练"这个词，哪本词典里也没有，顾名思义，是"拉到外面去训练"的意思。这个"外面"指的又是哪儿呢？它说的是"屋子外面"。

有人又得说了，屋外有什么了不起的？我们不是常常到屋外活动吗？

我说的这个屋外，有几点特殊的地方。第一是时间。它不是春暖花开的三月，也不是赤日炎炎的夏天，还不是金风送爽的秋天……对了，现在只剩下最后一个季节，就是白雪皑皑的冬天了。第二是地点。不是江南，不是塞北，不是平原，是海拔五千米雪线以上的高原永冻地带。

什么叫雪线呢？刚听到这个词的人，脑海里会不由自主地出现一条又白又亮的银线，好像是一根由千万根蚕丝拧成的粗绳子，悬挂在险峻的高山半腰。其实雪线可没那么浪漫，它只是地图上一条假想的线，表示在这个高度以上，积雪和冰川永不融化，寿命与天地同存。在雪线以上的高山行走，随手捡起一块透明的冰块，它的历史都可能超过了一千年，比你爷爷的爷爷还要古老得多。

拉练就是让大家到雪线之上露营和自己起火做饭，当然最主要的节目是行军和真枪实弹的演习。听了动员令后，大家都摩拳擦掌，做着拉练前的诸项准备。

第一要紧的是每人要有一口锅。平常日子都是吃炊事班的大锅饭，自己不用发愁。这回不行了，要野炊，首先得自己备好锅勺。不由得想起一句古话——巧妇难为无米之炊，心想它说得也不怎么确切，就算有了米，没有锅，巧妇也得抓瞎。

河莲先到炊事班求援。班长说，甭瞎忙活。你们不用备炊具，到时候有我呢。

有人自告奋勇帮忙自然好，但不知这忙如何帮法。河莲说，让我先看看你准备的锅。

班长说，我的锅，没什么新鲜的，你天天看见，喏，就在那儿。

河莲一看，原来炊事班长根本没做特殊准备，打算把每天给大伙烧开水的大铁锅，背出去煮饭就是。

河莲说，那怎么行？到时候一安营扎寨，传下号令，就地生火做饭，你做得了，队伍也该开拔了，我会饿肚子。

班长晃着大方脑壳说，我是那样的人吗？要是万一来不及，怎么也得让其他同志先吃，我是享乐在后的。

河莲说，那也不成。你的锅那么大，得多少柴草才能把水烧开？伺候不起。

河莲是我们派出的侦察兵，本以为她会带回好消息，不想无功而返。全班人唉声叹气之时，新情报传回来了，说是经过摸索，有人发明了用罐头盒子做成很漂亮、实用的小行军锅。

高原海拔高，气压低，饭很不容易做熟。避免夹生的办法，就是尽量提高锅的密闭性，保持锅里的温度和压力。当然要是有小的高压锅，那是最方便了，可拉练的宗旨就是让大家在冰天雪地里锻炼，哪会给大家配锅？不知是谁的创造，用锉刀把罐头盒顶端的焊锡锉掉，使罐头盒盖完整地脱落下来，用的时候再盖上去，一个因陋就简的小锅就成功了。

我们每人拿出一个水果罐头，开始像手工作坊一般干起来。锉刀吱吱，银屑飘飘。不一会儿，河莲就兴奋地大叫起来，我的小锅出厂啦！

大家凑过去一看，河莲把罐头盖子平平整整地卸了下来，盖上去的时候严丝合缝，简直像是原装的锅盖。河莲又操起锤子，用小钉在罐头盒——也就是锅的主体部分，钻了两个洞。

我们吃惊地问，这是什么？

河莲说，这都不明白？拴上铁丝，做个锅耳朵。不然锅那么烫，谁敢用手提？再说，如何捆到背包上？都是问题。我这是一箭双雕。

我们衷心佩服河莲的深谋远虑，锅的制造已进入精加工阶段。低头看看自己手下的活儿，还是粗坯，就赶快提高速度。

真是见了鬼，我拼命挥舞锉刀，像一个地道的老工人。可我的罐头盒子好像变成一发炮弹，其壳坚硬无比。我累得一脑门热汗，它还是岿然不动。

我去找河莲，她成了我们之中的总工程师。真是高人啊，只看了一眼，她就说出了症结所在。你真傻，为什么专门挑橘子罐头来锉？要知道它的铁皮质量最好，简直像是不锈钢制成的，难怪你锉不开。像我，选一筒菠萝罐头，又小巧铁皮又软，自然马到成功了。

面对先天的失误，除了改换门庭，没别的选择。我立刻加入了"菠萝一族"，其他的操作也和河莲一模一样。经过手忙脚乱的一阵努力，小锅也宣布竣工，同河莲的产品摆在一起，简直是双胞胎。

锅的问题解决之后，就是领粮食。规定每个单兵要携带足够三天食用的口粮。按照士兵最低热量标准，共需粮食四斤半。

干粮袋是草绿色的，细细长长，瘪的时候好像一段蛇蜕。领导用秤给大家分粮，四斤半大米装进去，粮袋撑得圆圆滚滚，像一条苏醒过来的大蟒。

我生平最讨厌吃米饭了，总觉得那些软绵绵的小白粒子，吃多少也填不饱肚子。平日也就罢了，饿了可随时补充零食。可这次是模拟实战，总不能一边坚守阵地，一边嘴巴嚼个不停吧。我对领导说，给我发白面，成吗？

不行。领导很干脆地拒绝。

为什么？米面都是碳水化合物，提供的热量卡路里是一样的。我用刚学到的医学知识，为自己做论据。

在高原上，米可以煮熟。面呢？泡在罐头盒子里，成了糊涂汤，你怎么吃法？领导不理我的卡路里学说，一针见血地指出面的弊病。

我宁愿吃那种糨糊样的东西，也不吃米饭。再说红军过雪山草地的时候，吃的也是面粉，不过就是炒熟了而已。我小声反驳。

领导没想到我引经据典，一时竟想不出如何批评我，停了一会儿，终于发现了更强大的理由，说，干粮袋就那么长，米能够装进三天的量，面就不行了。

我说，不信。

领导说，你这个女孩，怎么不见棺材不落泪。来，我装给你看！

领导说着，称出四斤半面粉，倒进干粮袋。面比米要难收拾，不少面粉撒在外面，领导就像颗粒归仓的老农，不厌其烦地把每一撮面粉，都收拾起来，愣往干粮袋里塞。

干粮袋鼓如圆柱，秤里还遗有面粉。在铁的事实面前，我不得不低头服输。同等重量的面，要比米占的地方大。比如说一麻袋可装大米二百斤，装面粉就放不下了。领导告诫道。

但我仍不死心，说，具体情况要具体分析。对我的胃来说，三斤面就抵得过四斤半米。

领导说，这不是抵不抵的问题，也不是你的胃说了算的事。你刚才不是说什么卡路里吗？关键是热量，在冰雪高原，你要是没有热量，就得变成白雪公主。

我一声不吭地跑出去，过了一会儿，抱着一堆糖进来，对领导说，我不带大米，带水果糖行不行？它提供的卡路里比大米可多多啦。

领导这次把脸沉下来，斩钉截铁地说，不成！一个战士不可能在冲锋的时候，往嘴里不停地塞糖！

最后一线希望破灭。虽然他的话也很无理，冲锋的战士不能往嘴里塞糖，难道就可以往嘴里塞米饭团子吗？但人家是领导，咱当小兵的，就只有服从了。

衣食住行这句话，我以为很科学。在解决了吃饭问题以后，考虑的就是拉练中的穿了。皮大衣当然是必备的了，要不然，会在酷寒的夜晚被冻成冰雕。狼皮褥子也是要带的，在万古不化的寒冰上露宿，没有它，地心的寒气会把我们的五脏六腑凝成一坨。狗毛皮鞋也是要带的，不然会把脚趾冻得指甲脱落。皮帽子当然更得带了，要不回家的时候会丢了耳朵……我们贴身穿了衬衣衬裤，外面罩了绒衣绒裤，再外面裹着棉衣棉裤，然后披上皮大衣，每个人的体积都比平日增大百分之七十以上，走路的时候像一座毛皮小山在移动。

相比之下，住的问题反倒比较简单。每人带一件塑胶雨衣，它的边上有一排纽扣，我以前一直不知是干什么用的，此次经人指教，才知道可以和另外一件雨衣结成一块巨大的篷布，搭一座简易帐篷。每人还要带一把行军锹，到了宿营地，在冰上挖洞，然后把锹把埋在里面，就成了帐篷的支柱。

没想到在这个简单的环节上出了问题，因为是两个人合住帐篷，睡觉的时候为了保暖，必须头脚颠倒，打通腿。小鹿是个汗脚，谁都不愿意与她合伙，怕熏着自己。最后还是我高风亮节（谁让我是班长呢），自动表示愿和小鹿同甘苦共患难。大家私下里夸我侠肝义胆，因为小鹿的脚臭让人惨不忍闻。我解释说，其实我也不是担子拣重的挑，只是想雪地里那么冷，我就不信小鹿的脚，还敢出汗？

最后是行。果平穿戴整齐，缓缓地吃力地移出房门，过了一会儿，又像一艘航空母舰似的挪了回来，哭丧着脸道，你们猜，把咱们的全套行头穿起来，负重多少斤？

河莲说，还不得有三十斤？

果平冷笑道，想得美！改成公斤还差不多！

我们花容失色道，你的意思是我们要背着六十斤重的物品，跋涉在冰雪高原？

果平说，那还是少说了。都武装起来，只怕七十斤也打不住。

大家半信半疑说，有那么恐怖吗？

果平说，听我给你们算个细账。

她就掰着手指头，一五一十地算起来。干粮、红十字包、手枪、毛皮褥子、背包、子弹带、行军锹、备用解放鞋、雨衣……我们听到一半，就说别算了，我们信了。

听说行军的平均路程是每日九十华里，个别日子会在一百华里以上，最多的一天将达到一百二十华里。这个数字，对平原来说也许不算什么，但在高原，足以让人胆战心惊。

我们能行吗？所有的人，心里都在打鼓，可是没有人说出来。谁也不愿被人当作胆小鬼。

行军开始了。女兵和男兵一样背负着行囊，像绿色的骆驼在雪原上缓缓移动。为了预防雪盲，临出发时每人又配发了一副墨镜，透过茶色镜片，平日熟悉的风景，变成另外的嘴脸，煞是好玩。冰峰成了咖啡色，远远看去，好像巨大的巧克力冰激凌。白雪成了淡红豆沙色，使人忍不住想舔一口。至于大家的脸色，都成了非洲人的模样，嘴唇成了浓重的黑褐色，好像刚刚吃了炸酱面还没把嘴巴抹干净……

面对种种奇怪的景色，我们只有自己偷偷地笑，没法彼此交换感想。因为在高原上行军，需要全力以赴，要是你开玩笑的时候，正好一个雪坑没看见，脚下一滑，一个大马趴，大家笑的就不是你的笑话，而是你本人了。笑完了，还得千辛万苦地帮你爬起来。再说那近七十斤重的包袱，稳稳地坐在背上，把肺都压成了薄饼，膨胀不起来，使我们根本没法开怀大笑，只好把笑的念头储存起来，留着晚上空闲的时候再交流吧。

第一天是适应性行军，有一百华里路程，只翻一座雪山。老兵们说，这简直和玩一样。可女兵们确实没玩过这种严酷的游戏，刚走了不到一半的路程，我们就筋疲力尽。原来为了保护女兵，把我们安排在队伍的中间部分，现在眼看着别人一步步超过我们，越走越远。最后大队人马整体越过疲惫的女兵远去，成了天边的一个黑豆样的斑点。

我们你看看我，我看看你，明白了以前从书本上看到的一个可怕的词——掉队。那就是你像一粒纽扣，从大衣上掉下来，滚到人所不知的犄角旮旯里。要是没人找到你，你就得在那个黑暗的角落待到海枯石烂。

　　这可怎么办？小鹿几乎要哭起来。

　　现在最重要的事，是赶上队伍。小如很坚决地说。

　　这话当然是不错了。可是，我们赶得上吗？我们为什么会掉队，不就是因为我们追不上大家的脚步吗？赶上队伍谈何容易？不但要赶上部队此刻的行军速度，还要把我们以前落下的补上。恕我悲观，我看是梦想。河莲有根有据地说。因为话太长而且很严肃，说完之后她喘个不停。

　　果平用手揪起背包带子，胸膛能比较自由地吸进更多氧气，说话的时候就可以带出微笑的口吻。她说，你们知道现在最重要的事是什么吗？

　　对于她的重复设问，我们都不理睬。太累了，你打算说什么，快说吧，别啰唆啦！

　　果平只好自问自答，说，现在最重要的事，是休息啊。

　　呜啦！我们立刻用俄语欢呼起来，倒不是对这种语言情有独钟，主要是电影里苏联红军打胜仗的时候，都是这样表达兴奋心情的。

　　不管三七二十一，大家立刻倒在雪地上，大口地喘气，先把氧气吸个饱。背上的负重也不敢卸掉，因为再背妥帖很费时间。我们像蜗牛一般，脊梁枕在背包上，头仰得高高，摘下墨镜，看着蔚蓝色的天空。

黄昏已悄然来临，天空急遽地转换着颜色，从海一般清澈的蓝，逐渐加深，好像一缸靛青的染料被打碎了，没有波纹地扩散开来，整个天幕被无声无息地染成蓝宝石的颜色，透明中闪着银光。雪山反射着夕阳的余晖，勾勒出一圈虾红色的轮廓，像是华贵的绸缎织成的剪影。有一只喜马拉雅鹰凝然不动地贴在天际，使你相信在它铁一般的鹰爪下，有一股神秘的高空风，像巨掌一样轻轻托住它的翅膀。

我们要是喜马拉雅鹰就好了。大家齐声说。

可惜我们不但不是鹰，连一只最普通的麻雀也不是。我们就这样静静地躺着，感觉万古寒冰的森然阴气，像泉水一般从地心漫上来，渐渐地俘虏了我们的脚，弥漫在我们的关节，浸满了骨髓，笼罩在血液中……一种酷寒而舒适的陌生幻觉，像雾一样包裹了我们的大脑，使它变得像玻璃一般脆而晶莹。我模模糊糊地想到，为什么卖火柴的小女孩，在被冻死以前，会看到那么多美妙的景象，寒冷真是美丽而凄清的神仙世界啊！

我们躺着，手拉着手，刚开始很紧很紧，透过皮手套，可以感觉到对方的力量。但是这力量渐渐地涣散下去，骨骼松弛了，血的温度下降了，手套变得像海带一般黏滑，很快就抓不住了，只好彼此松开。我的手刚一接触到雪地，就被它吸了过去，牢牢地粘在冰上。好像手是一块生铁，地是巨大的磁石。我觉得这事有点怪，很想挣脱冰雪的引力。但是没办法，手指根本就不听指挥，它们不再属于我，已经成了绵延万里的冰山的一部分。

思维变得迟钝而飘浮，苍白无力地混乱运行着，好在一点都不痛苦，也不恐惧，有一种近乎飞翔的感觉……

你们都给我起来！

一声断喝，从天而降。我们就是再麻木，也被惊得半坐了起来。只见一彪形大汉，天神般地矗立在面前。

你是谁？我们说不出话，只是用眼光问他。

我是后勤部收容队的队长。大队人马已经到达宿营地了，到处找不到你们这几位女兵，我们就沿着来路向回找，没想到你们在这里睡大觉！收容队长怒气冲冲地说。

我们懒洋洋地看着他，眼珠也不愿转一下。什么后勤部，什么宿营地，听不懂啦！好像是古代故事里的名词。

收容队长很有经验，知道我们已经进入冻伤的意识淡漠期，如果不马上振作起来，就会在这种迟钝的幻觉当中进入昏迷。他指挥带来的收容队员们，把我们拉起来。可是刚把这个从雪地上拉起来，那个又躺下了。把那个扶起来，这个又坐下去。雪地好像一张巨大的软垫子，极力诱惑着我们沉睡在它的怀抱。

你们还是不是兵了？简直是逃兵！要是指着你们保卫祖国，敌人都得打到家门口了！人都说女兵不行，我原来还不信，今天一看，果然不错。应该把你们都开除出去，回家守着父母的热炕头……收容队长怒骂我们，滔滔不绝。

这一骂，把我们骂醒了，自尊心生长起来，神经也变得灵敏了。我们咬着牙，摇摇晃晃地站起来，好像一批女醉鬼。

快，把她们的背包卸下来！队长命令他的士兵。

几个男兵把我们的背包放到自己身上。要是平日，我们是一定不会同意的，但在夜色沉沉的雪山上，我们已没有任何反对的力量。

背包一摘走，被压扁的气管立刻膨胀起来，恢复了弹性，我们的精神得到了充足气体的灌溉，立刻清醒多了。我们试着走了两步，哎呀，感觉奇妙极了，好像遍地都是弹簧，脚下生风，似乎在飞，无比轻松。

因为我们整天都是在负重七十斤以上的状态中行走，那个附加的重量已经成了身体的组成部分。现在一旦卸下，简直若腾云一般轻盈。巨大的喜悦与轻松，使我们恢复了青春的活力。

小如说，你们把我们的背包拿走了，多辛苦啊。

她是一个好心肠的女孩，无论在多么困难的情况下，首先想到别人，总觉得自己对不起别人。

收容队长不耐烦地说，快走吧。我们是男人，比你们的耐力要好多了。再说我们还有马。

我这才在黑暗中看到了几匹马。它们美丽的大眼睛闪烁着星星的光芒。

果平说，还是把红十字包和手枪还给我吧。一个是我的工作工具，一个是战士必备的武器。

听果平这么一讲，我们也纷纷要求归还这两样卫生兵最基本的标志。好吧，还给你们。可是你们再不许躺下。夜已经越来越深，你们若不能在午夜以前赶到宿营地，就会在雪山上冻死。收容队长严厉地说。

我们不再说什么，跟着队长快步向苍茫的远方奔去。也许是长时间的休息，的确让我们恢复了体力；也许是队长的破口大骂，使我们生出雪耻的决心；也许是甩掉背包真的使我们身轻如燕；也许是死亡近在咫尺的威胁，让我们深切地体会到生命的可贵……反正在后面的行军路程中，我们再不说三道四，而是钳闭着嘴唇，机械地迈动双脚，向前向前。

赶到宿营地的时候，已经是下半夜了。当我们看到朦胧的灯火时，几乎流出眼泪。好了，总算把你们活着带回来了。收容队长说完，"扑通"一声，差点跪在地上。要知道，为了接应我们，他几乎走了双倍的路啊。

　　拉练的夜晚，我们在雪原与星空之间露营。

　　两顶雨布搭的帐篷很窄小，像田野中看秋的农人用玉米秸支的小窝棚。我和小鹿头脚相对，用体温暖和着对方。刚躺下的时候，根本睡不着。平日柔软的被子，此刻变得铁板一样冷硬，被头像锐利的铁锨头，直砍我们的脖子。棉絮好像变成了冰屑，又沉又冷地压在身上。

　　这是怎么回事？被子被施了妖法！小鹿在对面瓮声瓮气地说。

　　我本想看看她，但沉重的负担使我没法抬起头来。为了保暖，我们把所有的物品，比如十字包、干粮袋、皮大衣，包括毛皮鞋，都堆在被子上面，像一座拱起的绿色坟堆。此刻要是有一双眼睛从帐篷外窥视我们，一定以为这是军需品仓库。

　　我说，被子又不是暖气，自己不会产生热度。

它像个水银瓶胆，装进开水它就热，放根冰棍它就凉。我们在零下几十度的气温里行军，被子的温度当然也是零下了。不能着急，得靠自己身体的暖气，把被子煜热，才会觉得暖和。

小鹿说，只怕到了明天早上，我们还像两条冻带鱼一样，舒展不开手脚。

我说，反正也睡不着，咱们就说说在高原露营的好处吧。

小鹿说，有什么好处？硬要说，第一个好处就是让你不但不困，而且精神抖擞。

此话千真万确。不管你行军多么疲劳，在越来越深的午夜中，寒冷的空气好像不是吸入肺里，而是进了胃，化作无数薄荷糖，让你从里往外透出绿色的清醒，神志警觉无比。

我说，可惜这是以第二天的疲倦为代价，要不然，真该推荐所有的科学家都到高原来工作，人类的伟大发明一定会成倍增加。

小鹿说，第二个好处是空气新鲜。城里的空气，被人的鼻子滤过千百遍了。这里的空气从没有人呼吸过，就像从没污染过的泉水。你说是不是世界一绝？

我说，空气倒是很新鲜，只是它里面的氧气含量很少。这就像是一种外表很美丽的果子，里面的果仁却又瘦又小。营养太少，中看不中用。

小鹿说，这话可不对。你敢说这里的空气不中用？那你把头钻进被子里，再捏住鼻子。要是你能支撑三分钟以上，明天我帮你背手枪。

我说，我当然不敢把头埋进被子，你的脚太臭了。至于手枪，你别卖假人情。你知道规定是人不离枪，枪不离人的。

小鹿说，谁的脚要是在这种滴水成冰的时候，还能出汗，一定是赤脚大仙托生的。不信你试试！百见不如一闻。

我不想扫小鹿的兴，就把头缩进被子，但根本不喘气，然后很快地探出头来，说，噢，真的没什么味了。

小鹿很高兴，说露营的第三个好处是，可以增长你的天文学知识。你看，天上的星星亮得像猫眼！

我们的雨布虽然薄，但没破洞。只有从两侧的缝隙中，观察星空。铁锹做的帐篷杆和雨布的边缘构成的间隙，很不规则，像是一幅抽象图案。

我说，根本看不到天空的全貌。从我这个角度，北斗七星只能看到一个勺子把儿，牛郎只挑了一个孩子，那个丢了。

小鹿说，你以为我这儿完整吗？银河基本断流，蟹状星云变成了对虾的模样。

我说，哎哟，真了不起，还知道星云。

小鹿说，我妈妈最喜欢天文了，从小就教我。

于是我们半天都不说话。最后还是小鹿打破了沉默，说我们别说妈妈，那样说一会儿就会流泪的。还是说星星吧。

我赶快拥护，说，就形容自己看到的天和星星的模样吧。

小鹿赶快说，好。

想念亲人就像大海中危险的台风眼，我们思维的小船要赶快掉转航向，飞速离开。

我摇头晃脑端详了半天说，从我这个角度看天空，它的轮廓像一棵宝蓝色的树冠，树上结着许多银色的榛子。

小鹿说，从我这边看啊，天空的形状像是一件天蓝色的礼服，那几颗最明亮的星星，就是礼服上的银扣子。

我调整了一下姿势，又说，从我的铁锹把侧面看过去，天像一扇敞开的钢蓝色大门，星星就是门上凸起的门钉。

小鹿也扭了身子说，我有一个比喻，你可不要笑我。你答应了，我就说。

我说，只要风和雪不笑你，我才不管呢。

小鹿说，从我这儿看上去，天空像极了一匹蓝色的奶牛。那些凸起的星星，就像奶牛的乳头，它们离我们这么近，好像一伸手就可以摸着。用嘴吸一吸，就会有蓝色的乳汁流出来。

我笑起来，说小鹿你是不是饿了或是渴了？

小鹿说，你一提醒，我才想起雪原上露营的最大好处，那就是你随时都有冰激凌吃。

小鹿说着，伸手到褥子下面去抓，我听到类似野兽爪子搔爬的声音，再以后是积雪被挤压的声音，最后是小鹿咯吱吱的嚼雪声和牙帮骨大肆打架的声音。

我们的身下，枕着一尺厚的白雪。领导宣布在这里露营以后，我埋头用铁锹拼命挖雪，一会儿就在身边堆起一座小雪山。领导走过来说，你这是干什么？

我说，把雪挖走，才能把铁锹埋进土里当支柱，把帐篷支起来。

领导说，你这个傻女子。雪下面是冰，睡在冰地上，明天你的关节就像多年的螺丝钉淋了水，非得锈死不可。

我说，冰和雪还不一样吗？

领导说，当然不一样了。雪是新下的，并不算冷。你没听俗话说过，下雪不冷化雪冷吗？雪底下的永冻冰层，那才是最可怕的。睡在雪地上，就像睡在棉花包里，很暖和的。

我半信半疑，但实在没有力气把所有的冰雪都挖走，清理出足够大面积安营扎寨，只好睡在雪上。这会儿看小鹿吃得很香，不由得也从身下掏一把雪吃。为了预防小鹿汗脚的污染，特地选了我脑袋这侧的积雪。

海拔绝高地带纯正无瑕的积雪，有一种蜂蜜的味道。刚入口的时候，粗大的颗粒贴在舌头上，冰糖一般坚硬。要过好半天，才一丝丝融化，变成微甜的温水，让人吃了没够。

一时间我们不作声，咔哧咔哧地吃雪，好像一种南极嗜雪的小野兽。我说，小鹿，你把床腿咽进去半截了。

小鹿说，你还说我，你把床头整个装进胃里了。

我们互相开着玩笑，没想到才一会儿，我和小鹿的身体都像钟摆一样哆嗦起来，好像有一双巨手在疯狂地摇撼着我们，这才感到雪的力量。

小鹿……我们……不能再……吃下去了，会……冻死。我抖着嘴唇说。

小鹿回答我，好……我不吃了……我发现，雪是越吃越渴……

我们把自己缩成小小的一团，借以保存最后的热量。许久，许久，才慢慢缓过劲来，被雪凝结的内脏有了一点暖气。

我有点困了。小鹿说。

困了就睡呗。我说，觉得自己的睫毛也往一起粘。

可是我很害怕。小鹿说。

怕什么？我们的枕头下面有手枪。真要遭到袭击，无论是鬼还是野兽，先给它一枪再说。周围都是帐篷，会有人帮助我们的。我睡意蒙眬地说。

小鹿说，我不是怕那些，是怕明早我们起来，会漂浮在水上。

我说，怎么会？难道会发山洪？

小鹿说，你是不是感到现在比刚才暖和了？

我说，是啊。刚才我就觉得暖和些了，所以才敢吃雪。吃了雪，就又凉了半天。现在好像又缓过劲来了。

小鹿说，这样不停地暖和下去，还不得把我们身下的雪，都焐化了？明天我们会在汪洋中醒来。

我说，别管那些了，反正我会游泳。

小鹿说，我不会。

我说，我会救你的。你知道在水中救人的第一个步骤是什么？

小鹿说，让我浮出水面，先喘一口气。

我说，不对。是一拳把你砸晕，叫你软得像面条鱼。你这样的胆小鬼，肯定会把救你的人死死缠住，结果是大家同归于尽。把你打昏后，才可以从容救你。

小鹿说，求求你，高抬贵手，还是不要把我砸晕。我这个人，本来脑子就笨，要是你的手劲掌握不准，一下过了头，还不得把我打成脑震荡，那岂不是更傻了？我保证在你救我的时候，不会下毒手玉石俱焚。

我说，哼，现在说得好听，到时候就保不齐了……

小鹿说，我们是同吃一床雪的朋友，哪儿会呢……

我们各自抱着对方的脚，昏昏睡去。

起床号把我们唤醒的时候，已是高原上另一个风雪弥漫的黎明。我们赶忙跳起，收拾行装。待到我们把被褥收起，把帐篷捆好，才来得及打量了一眼昨晚上送我们一夜安眠的雪床。

咳！伤心极了，我们太高估了人体微薄的热量。雪地上不但没有任何发洪水的迹象，就连我们躺卧的痕迹，也非常浅淡，只有一个轻轻的压痕，好像不是两个全副武装的活人曾在此一眠，而是两片大树叶落在这里，又被风卷走了。只是在人形痕迹的两端，有几个不规则的凹陷，好像某种动物遗下的爪痕。

那是我们半夜吃雪的遗址。

　　到乡下去给老乡看病，真像郊游一般有趣。但这种机会不是很多，不是我们不想为贫苦的牧民送医送药，而是因为我们的住所周围都是荒原，很少有牧民。牧民们要赶着他们的羊群，到有牧草的地方栖息，行踪飘忽不定，很难找到他们。

　　一天，有个向导说离我们几十公里处的牧民患了病，需要我们去诊治。我、果平和一位老医生立刻骑上马出发了。

　　我的坐骑是一匹栗色小马，步伐均匀而快捷；果平就有些惨了，她的枣红马像城墙一般魁梧，傲慢的眼神一点不把果平这位清秀的骑士放在眼里。

　　我只能在心里暗暗同情果平，却不敢提出和她换马。不是我胆小，而是骑术不如果平。在草原上，单是胆大没有用，马是很有灵性的动物，只要你一跨上马背，它就能立即判断出你是高手还是软包，它可会看人下菜碟呢！

　　果然，果平一跃上马，枣红马就乖乖收敛起骄傲的神色，服从她的调遣；倒是我的栗色小马，欺负我的骑术不精，东张西望地不好好赶路。老医生直催我："再不快走，我们就要在草原上过夜了。"

　　到了牧民们聚集的地方，他们高呼着："曼巴（藏语，医生之意）给我们送吉祥来啦！"扶老携幼地拥出帐篷，把我们围得水泄不通。

　　牧民们一年到头在草原上游牧，气候严寒，环境恶劣，几乎每个人都病痛在身。老医生看病，果平打针，我发药，一时间忙得头都抬不起来。

　　由于看病比较慢，老医生那儿就积满了人。我和果平是执行医嘱的，就比较轻闲了。

　　有一位藏族老人走到我面前，很急切地说了一番话。我和果平不懂藏语，只能朝着他微笑。向导说："老人说你们是天上降下的菩萨，请给他看一看关节痛的病。"

　　我和果平还想推辞，向导说："我看老人是诚心诚意地请你们看病，你们就给他看吧，要不他会伤心的；要是他的病真的很重，再找老医生看也不迟。"

　　我和果平连连摆手说："老医生医术高，还是请他看吧。"

　　老人合着手掌说，他还要照看羊，等不了那么长的时间；他相信我们能医好他的病。

　　我和果平就仔细地给老人检查了身体，确诊他是一般性的关节炎。

我给他拿了药，果平给他扎了针。老人脸上浮出笑容，说是感觉好多了。

我和果平都很高兴，没想到老人脸色一变，又急切地说个不停。

向导说："老人想让你们用听诊器为他听听关节。"

我和果平目瞪口呆。听诊器我们倒是有，但那是听心脏查血压的，怎么能听膝盖呢？膝盖里是什么声音都没有的啊！

向导把我们的话翻译给老人，没想到他执拗地说个不停，最后，简直变成了恳求，说他以前见过的土曼巴，都是用这个亮闪闪的小银坨，把人的全身都听个遍的，然后，牵走三只羊。

我和果平还在犹豫，向导说："你们就满足老人的心愿吧！"

于是，我就把听诊器挂在耳朵上，又用手心把金属听头焐热，怕冰了老人的皮肤。一切都准备好了以后，老人打开他的羊皮袄，我把听诊器听头端端正正地扣在他的膝盖上……

耳朵里当然什么声音也没有，可我装作专心致志的样子，眉端一会儿聚起，一会儿舒展，好像若有所思地在分辨什么音响……

过了足足五分钟，我才收起听诊器，对一直紧张注视着我的老人说："您的关节有一点毛病，但是，不要紧；吃了药，就会好的。"

老人放心地嘘了一口长气，好开心的样子离去了。

我和果平又为别的病人忙起来。过了一会儿，老人牵着一头大山羊走过，对向导连比画带说，很激动的样子。

向导对我们说："老人讲的是'曼巴牙古都'，翻成汉语的意思就是医生好！他要把这只羊送给你们，请你们收下他的一片心意。"

我和果平惊得张开嘴巴合不拢，我们只为老人做了这么一点应该做的事，老人就要如此重谢我们，怎能叫人承受得起哪?!

我们赶紧对向导说："羊是万万不要的，老人以后要躲避潮湿，关节就会好起来。"

向导把我们的话转达给老人。

老人泪光闪闪地说："以前的游医，给牧民一盒清凉油就要换走一只羊。土其切！土其切!"

向导告诉我们："'土其切'的意思是'谢谢'!"

炊事班有一老一小两个炊事员。老和小，并不是因为年龄。大家一起来当兵，年龄都差不多。个子高的，我们就叫他老炊；个子小的，我们就叫他小炊。小炊刚开始不愿意，说又不是山芋，凭什么按个头大小定孬好？大家就说，老和小并不是分优劣的意思，不过是爱称。他俩也不懂爱称是什么，反正知道不是恶意，喊他们的时候也就开始答应。

炊事班的人平日很牛气，掌握着勺子权，和你处得和睦，就多给你舀点好吃的。要是不喜欢，吃肉时就专给你盛汤。他们和女兵关系不太好，觉得我们吃东西挑肥拣瘦，不朴实。可这能怪我们吗？高原上的胃口本来就和人作对，他们切的肥肉片，每块都像书签一般大，而且厚得超过三十页书，哪里咽得下？我们就说，得了，老炊，劳驾您把这肉盛给别人吧，反正分到我碗里，也是扔的货。节约是咱们的老传统啊。老炊就跟聋子似的，根本不理睬你，照旧把一块巴掌大的肉片铺在你的米饭上头，说，想想从前吧，只有地主老财，才能吃上这种五指膘的白肉。

拉练的时候，剥夺了炊事班做饭的权利，只让他们每晚给大家烧烧洗脚水。人们脚上都打了血泡，要用热水烫了后把泡挑破，才能继续行军。肚子的问题，下放到个人手里，自己起火，安排食谱。

我们高兴极了，从此再不用受老炊和小炊的歧视与迫害，自己想吃什么就做什么，天下还有什么比自由更可贵的啊！

事情不像想的那样简单，首先要解决柴草问题。为什么古代战法中要说"兵马未动，粮草先行"呢？经过实践，我们明白了，粮草是又大又笨的易消耗品，要不事先预备好，到时候上天无路入地无门，只有兵败一路。

粮的来源就是装在干粮袋里的大米，别无选择。吃完了，路上会有接应部队给我们补充，暂时不用自己操心。柴火的种类，主要是干牦牛粪和毛刺团。

干牦牛粪，是牦牛的排泄物，经过大自然的风干，成为一种大而薄的螺旋状物。如果风干的过程比较平稳，就是说没有什么其他的野兽足迹在牦牛粪上蹚过，没有巨风将它吹散，没有暴雨将它稀释，高原的太阳又正好明亮多情，牦牛粪就会成为一种千层饼的模样，带着螺丝般的花纹，好像是一种车床制造出的精致产品。

毛刺的样子就很猥琐了，是一种暗淡无光的高原植物，贴着地皮生长，不知用了多少年的工夫，才繁衍成脸盆大小的灰绿色毛团。拔出后因为脱水干燥，又褪成枯萎的灰白色。其实它是很勇敢的生物，敢于向高原恶劣的自然环境挑战。我们在它战死后，把它的尸体烧了煮饭，真是于心不忍。

早在拉练开始前许久，炊事班就接到了为大家准备燃料的通知。老炊和小炊每天像拾荒的老农，到处转悠，背回一袋袋牦牛粪和毛刺团。

到了拉练出发的前一天，开始给大家分柴草。据说牦牛粪燃烧起来，火焰绵长而持久，大家都抢着要牦牛粪。最后只好定量供应，按比例配发，牦牛粪和毛刺团三七开。不过对女兵还是比较照顾的，大约可达一半对一半的样子。

小如高风亮节，主动提出她不要牦牛粪，全部要毛刺团。

负责分发牦牛粪的老炊很不满，好像这意味着他的牦牛粪质量不过关。他说，哪里去找我这样特等甲级的牦牛粪？每一块都像压缩饼干一般瓷实。

我们就笑他，说牦牛粪都是野生的，谁来给你评等级？

老炊说，我说这话有根据。方圆几十里的山，我都爬遍了，最好的牦牛粪都到我这儿集合了。

我们只好承认他的牦牛粪天下第一。但小如毫不为之所动，坚持不要这世界上最高等级的牦牛粪。

为什么？老炊虎视眈眈，看来小如若不说出光明正大的理由，就得冒老炊把牦牛粪塞到她嘴里的危险。

小如淡淡地说，没什么别的，我只是不喜欢用粪便做饭。

老炊不乐意地吼起来，它是干的！一点粪味也没有！

小如说，干的稀的都一样。是我心里作怪。

小如是有洁癖的人，大家只好由她。河莲脑子灵，马上说，小如你还是把牦牛粪领回来，我用毛刺跟你换。

她俩以物易物，别人就很羡慕河莲的手疾眼快。想再找小如这样的傻人，可惜没了。

第一次自己起火做饭，是在一处河滩地，到处是鹅蛋或恐龙蛋那么大的圆石头，每一个都好像是用圆规画出来的，让你不得不佩服大自然的手艺和工作态度。后来听说这是尖兵特意挑选的安营地点，鹅卵石用以支灶，靠着河便于取水。

只是河里哪有水啊？满河床是一冻到底的冰。高原上的水极清冽，丈多深的冰里没有一点杂质，简直像无边的淡蓝色水晶。

水晶没有用，钻石也没有用，我们此刻最需要的是普通的水。搞水有两个办法，一是破冰化水，一是取雪融水。前者工程浩大，但有群众观点，你计算再精巧，也不会只砸下核桃大的一小块冰，别人就可跟着沾光。融雪的法子比较自私，用多少化多少，有点自扫门前雪的味道。

女兵们都选了化雪这招，就近取雪，棉帽壳脱下来当面盆，盛回雪来填进罐头盒做的小锅。然后在河滩上捡大小高矮差不多的石头，成三足鼎立之势，把小锅架上，锅底下塞入牦牛粪或是毛刺，野炊的准备工作宣告完成。

正式起火。没想到噗……噗……噗地划了一地的火柴梗，每次都是还没等凑近鹅卵石灶膛，火苗就好像被一个看不见的妖怪，鼓着胖腮帮子一口吹熄了。

果平指责我说，你不该把火柴梗从下往上划，应该是从上往下划。

从下从上划，有什么不同？真是吹毛求疵！我气得把只剩几根火柴的空盒交给她，说，看你的吧！

可能是火柴盒的磷片已被我磨光了，果平的战绩更惨，干脆连火星都不见一粒。向别人借火柴，大家的遭遇全差不多，于是同仇敌忾地声讨火柴质量太差，专门和边防军人作对。

什么都不怪，只怪这山上的氧气太少，连火柴也得了高原病。小炊阴阳怪气地走过来说。平常日子，火头军忙得恨不能生出三头六臂，分头起火大赦了他们。小炊抱着两肘，像是诸葛再世，悠闲地说风凉话。

我们都顾不得理他，还是小如心细，请教他，你们平日做饭的时候，怎样才能点着火？

小炊就等着问他这一句呢，马上掏出一个打火机说，在山上，火柴根本不行，那都是为平地造的，除了拉萨出的特制高原防风火柴，休想点着火。关键时刻，得靠这个！

他手里的打火机，椭圆银亮，被手摩挲得像个大瓢虫，看来很有些历史了。我们立刻欢呼着恳求他，为我们引来火种。小炊很神气地蹲在地上，把头凑近干牦牛粪，手心窝成一个小篷子，然后憋着气，像引爆原子弹一样，啪地揿下打火机。

我们以为眼前必得蹿起殷红的火花，没想到除了涩涩一声响，打火机什么反应也没有。大家很宽容地想，好马也有失蹄的时候，一定是小炊太紧张了，就不作声地等他操作第二次。

谁知第二次，竟也是同样下场。那打火机好像不乐意为我们服务，阴沉着个脸，除了被迫发出沉闷的声响，仍旧纹丝不动。我们怕小炊灰心，希望他再接再厉。小炊嘻嘻一笑说，这结果，早在我的意料之中。

我们大惊道，你这打火机，原本是个坏的？

小炊说，坏是不坏。但它有个外号，叫作"半个世纪"。

我们一下闹不懂这文绉绉的外号是什么意思。小炊诲人不倦地解释说，半个世纪合多少年？

我们不耐烦地说，一个世纪是一百年，半个世纪就是五十年。

小炊说，懂了吧？

我们说，还不懂。

小炊撇撇嘴说，亏了还是文化人。这外号的意思就是说，平均要打五十次以上，打火机才有可能冒出火苗。说着，小炊就像按电钮似的，打火机噼里啪啦一通乱响。我们在一旁起哄地数着，三……十……三十……四十八……四十九……

到了整五十次的那一瞬，打火机突然腾起了半尺高的火苗，差点把小炊的眉毛燎了。

我们惊道，小炊，是不是对打火机施了魔法？

小炊忙举着打火机，把一个个灶膛点燃。他说，我有什么魔法？不过是因为高原上太寒冷，靠着摩擦生热，一般要打到五十次，打火机才能暖和过来，冒出火星。现在是中午，还算顺利了。有一个早上特别冷，我直打了一百多次，整整一个世纪，打火机才着起来。

小炊高举着"半个世纪"，像擎着一柄火炬，跑去给别处点不着柴草的人帮忙，我们各自投入烹调。

牦牛粪真是好东西，温柔地冒着淡绿色的火苗，很有分寸地舔着罐头盒子的四周，盒里积雪发出小老鼠般的吱吱叫声，原本是满满一盒雪花，在火焰的辐射下，渐渐地塌陷下去，无声地融化了，变成浅浅的积水。

雪真是华而不实的东西，看着那么大一捧，化成水只有那么一丁点，哪里够做米饭的？看来只能吃爆米花了。小鹿首先告急。

你就不能再捧些雪来化水？小如慢声细语地劝她。

好吧。小鹿又去取雪。

小如的毛刺，燃起来一副拼命三郎的脾气，呼地烧起半人高的火苗，黑烟像雪山魔女愤怒的头发，随着山风甩打着，原本锃亮的罐头盒，在第一缕毛刺火掠过之后，就成了包公嘴脸，镀上一层漆黑的草灰。

毛刺是个没有恒心的家伙，片刻的兴奋之后，就是懒洋洋的消极怠工，残存的草茎上气不接下气地变成暗红的灰烬，余温就没有多少了。这可苦了小如，当我们的牦牛粪，将雪水熬出白练也似的气流时，她的锅才发出轻微的积雪融化声。

　　我和河莲又遇到了新困难。由于造锅过程中，过于注重美观，忽视了实用性，锅耳朵的位置定得太低。这在普通锅，当然没什么了不起，没准还成了新品种。但我们的锅耳朵，是用钉子把罐头盒凿了洞，绕上铁丝拧成的。锅的半中腰藏着两个漏水的小眼，盛雪的时候看不出来，雪化成水后就显出致命的缺陷。费了千辛万苦煮出的那点温水，不知不觉渗去一半。

　　怎么办？我理直气壮地质问河莲。既然她是这锅的总设计师，发生问题的时候，当然应该保修。

　　河莲一本正经地说，只有一个办法，用胶布把锅耳的小洞粘起来。

　　我说，骗鬼啊。胶布被牛粪火一熏，就煳了，除了发出臭橡胶味，什么用也不顶。

　　河莲说，哈，你知道得比我还清楚，那还问什么？事到如今，什么法子也没有，只有半锅半锅地做饭了。

　　无可奈何，只好打开干粮袋，把米倒进罐头盒。因为气温极低，米粒像是小冰雹砸下来，刚才还白雾缭绕的小锅，又恢复了一片死寂。

　　我说，河莲，下一步该干什么了？

　　河莲说，等着呗。

我把牦牛粪撕成一片片棉絮样，铺在渐渐枯萎的火苗上，它就像重病人喝了人参汤，又挺直了身躯。

　　这时老炊走过来，说，怎么样，我说得不错吧，我的牦牛粪是名牌产品。

　　我说，可惜不经烧。我用了那么一大堆，饭还没做熟。

　　老炊很生气地说，你以为牦牛粪是什么？凝固汽油弹吗？比起毛刺，它经久耐用得多啦！

　　老炊又走到小如跟前说，小姐，还那么讲究吗？牦牛粪有什么脏的？牦牛吃的是草，拉的就是干草。喏，给你。说着，就把一大摞牦牛粪干递给小如。

　　小如不好意思，说，我不要。牦牛粪那么宝贵，还是你留着用吧。

　　老炊说，这本来就是你那份，我不过替你背着。你领回去用，我身上的分量还轻点。

　　想不到平日看起来粗粗拉拉的老炊，还挺会给人台阶下。小如就收下了牦牛粪。

　　小锅终于又一次冒出白气。我觉得它不是被牦牛粪烧开的，是被我焦灼的眼光催热的。我说，熟了吧？

　　河莲说，心急吃不了热米饭。

　　我说，要不，揭开来看看？

　　河莲说，一看三不熟。

　　由于我锉锅盖的时候，用力太猛，有一条边锉得狠了，合不严缝，汽就冒得格外汹涌。我凑过去看，热的白气遇到冰冷的眼睫毛，就结成细细一线水珠，好像我痛哭了一场。

不管你们吃不吃，反正我是要开饭了。我毅然决然地揭开了锅盖。想象中是一锅松软的米饭，不料因为锅里水少米多，加上海拔高气压低，锅盖到处跑风撒气，饭粒像小鱼的眼睛，既硬又夹生。吃起来，每粒米当中有一个结实的小白核，树种一般。

在我的带动下，大家都开始吃烧得半生不熟的饭，因为饿和自己劳动的成果，觉得香甜无比。

小如因为燃料的问题，至今还没揭锅。我招呼她，来尝尝咱的手艺。

她微笑着说，夹生饭有什么好吃的？等会儿还是请你们来尝我的吧，保证香得你舌头伸出来就缩不回去。

小如的水，终于开了。她不是像我们那样，从干粮袋往锅里倒米，而是像魔术师一样掏出了一块面。

我们惊呼，小如你怎么单独行动？

小如说，三天的干粮，我两天领的是米，一天领的是面。你们看，我的干粮袋中间扎了一根细细的小绳，吃面就从这端倒，吃米就从那端倒。

我们看着小如像腊肠似的分成两节的干粮袋，都很佩服她的足智多谋。

可是你的面是什么时候和好的呢？我们都没看见啊。小鹿追问。

昨晚上听说今天第一次野炊，我就提前把面和好了。小如介绍。

我们除了感叹她的机警，再没什么好说的，静静地看她下一步如何操持。小如不慌不忙地把面揉成长条，然后猛地向空中一抖，那面条见风就长，长度立时增加了三倍有余。还没等我们看清楚，小如把面条像毛线似的缠绕在手指上，如同弹揉琴弦一般，依次拨去，那面就像瀑布似的变化成几十根，细如发丝……

啊！拉面！我们赞叹不已。

小如谦虚地笑笑说，面醒得时间太长了，拉得不够好。说着，就把拉面下到滚开的罐头盒里。

一会儿就好。大家都喝口热面汤吧。小如好像一个开饭馆的老板娘，热情相邀。我们望眼欲穿，心想这种世界海拔最高的拉面，一定味道独特吧。

老炊走过来，今天他是做饭总指挥，一脸重权在握的神气。怎么还没吃上饭，一会儿就要出发了。他说。

马上就好。小如说着，在大家的渴盼中，揭开了锅盖。

我们看到了一个圆筒状的面坨，毫无生气地戳在罐头底部，那些美丽的面条，死死地粘在一起，好像是凝固了的火山岩。

老炊只一眼，就判断出了事情的原委。他说，哈，敢想敢干啊，吃拉面！没有高压锅，面条哪里能煮熟？再说罐头盒里才有多少水？面条一定要水宽！这火也不行，煮面一定要猛火快攻……

小鹿打断他的话说，老炊，你以为这是请你介绍炊事经验呢？快想个法子吧，小如还没吃饭。

老炊胸有成竹地说，好办。我用大锅特意多做了些饭，专门救济由于种种原因没饭吃的人。

小如说，我不吃你的饭。我就吃我自己做的饭。

老炊急了，说，你怎么不听命令？

小如说，今天的命令，就是每一个士兵都自己单独起火。

果平叹道，好样的，有骨气。小如不吃嗟来之食。

老炊没听懂，说，什么之食？

果平说，就是她一定要吃她亲手做的饭。

老炊想了一下，指挥小如说，你把罐头盒里的面抠出来。

小如不知他什么意思，照办了。那些精致的面条，此刻变成半熟不熟的面酱。

把它揉成饺子皮大小的圆片。老炊继续吩咐。小如遵照指示，把面片摊在手里。我们像看戏法一般围观，不知后面如何动作。

好了，现在你把面片贴在石头上。就是你刚才用来支锅的那几块热石头。老炊念念有词。

小如依法办理。她支灶的石头，先被毛刺燎过，继又遭牛粪熏陶，虽在皑皑冰雪之中，内芯也已烧得热透。半熟的薄饼一贴上去，就发出了粮食特有的麦香气。小如手疾眼快地把熟了的面片取下来，把新的敷上去。要知道，严寒中的石头热量有限，每一分钟都很宝贵。

小如一边揭饼，一边邀请大家尝尝。这是她的午饭，我们都不好意思吃，但那饼的香气实在诱人，我们就几人分吃一个饼，每人一小口，更觉美味无比。

小如把最后一张饼，请老炊吃。老炊说，你快吃吧。我看号兵已经在擦军号了。

小如说，你的主意真好。这道饭叫什么名字？

老炊腼腆起来，说庄户人的饭，没有什么名字。家里没油，烙饼容易煳，就先把河滩里的石头炒热，再用石头把饼炕熟。你一定要问名字，就叫"石头饼"吧。

小如把最后一块石头饼刚填进嘴里，行军的号声响了。

下午行军的时候，小鹿凑到我的耳朵根说，小如的饼虽然很香，可是她还是亏了。

我说，此话怎讲？

小鹿说，你想小如一个多么爱讲卫生的人，今天的石头饼，是在支灶的石头上烙熟的，那上头沾了不少牦牛粪，小如一定把她最害怕的东西，吃到肚里去了。

我说，嘘，小声点。她也许没想到，千万可别提醒她。

有一天，我们之中年龄最大的河莲说："你们谁吃过花生糖？"

大家一齐嚷起来："我吃过！"

是啊，哪个女孩子小时候没吃过香喷喷、甜蜜蜜的花生糖呢？只要一想起那滋味，舌头下面就储存了一包口水要流出来。

河莲说："那我们自己做花生糖来吃，开一间世界上最高的花生糖作坊，好不好？"

在我们这些女孩子里，果平是以吃肉闻名的，我们都说她的祖先一定不是从猴子变来的，而是一只老虎变的，所以，见了肉就没命；而河莲是以巧出名的，她说要办什么事，一定能办到。

我们立刻大叫："开花生糖作坊，好哇！好哇！"

我们都吃过花生糖，可是，我们都没有做过花生糖，连脑子最聪明的河莲也没有做过。不过这难不倒我们，大家回忆起小时候吃过的花生糖，不就是一些炒熟了的花生米裹在琥珀色的糖稀里，放凉了就成了吗，没什么了不起的。

我们开始筹措原料。

因为我不吃羊肉，炊事班长对我比较优待。在大家吃羊肉的日子里，允许我自己挑别的食品。这一回，我放弃了最爱吃的大红枣，要了满满一大碗生花生米。

还有必不可少的糖，这也很好办。为了给大家补充营养，每人每月可分到一茶缸白糖。现在大伙儿争着贡献出来，河莲忙说："够了够了，花生只有一碗，小马不能配大鞍子，要不就比例失调了。"

原料备好以后，发现没有锅；没有锅，就没法熬糖和炒花生。我们的花生糖作坊，还没开张，就面临着倒闭的危险。

"就在我的刷牙缸里熬糖吧，虽说它小了一点，多熬几缸子也就够了。"果平挺身而出，解决了一半的难题。

但总不能用刷牙缸炒花生米呀，它的底面积太小了，最下面的花生煳透了，表层的还没有热和呢。

于是，有人提议吃罐头，然后……

大家听了都说这个主意好，七手八脚地打开了一筒一公斤装的菠萝罐头，你一勺我一口地迅速吃光，接着操起剪子，把罐头盒剪开，真是好大一张洋铁皮。我们把洋铁皮的周边卷起来，一个简易的铁锅就做好了。摆在炉台上，还蛮像样的。

我们把花生米倒进自制的铁锅里，炉火在下面熊熊地燃烧着，花生米因为受热"噼啪"作响，有轻微的香气飘散出来。

我们正想为自己的发明鼓掌叫好，可怕的事情发生了，那个马口铁做的锅子，受不了高温的熏烤。中央突然软塌塌地陷落，熔化出一个红色的裂口。半熟的花生米像滑雪运动员一样，沿着烧红了的锅壁，飞快地掉进炉膛里去了……

一股焦煳味弥漫在空中，我们垂头丧气，作坊失败了。

"不要灰心，我们再想想办法。"河莲一点不气馁，明亮的大眼睛四处搜寻，一眼落在门后铲煤的铁锨头上，说："就用这个当锅吧。"说着，端起铁锨，洗净了煤灰，架在炉台上，比个真锅还神气。

铁锨很厚，再也不会熔化掉。

我们把花生米倒进去，用筷子不停地拨拉。当筷子头变得焦黑的时候，花生米也熟了，散发出扑鼻的香味。真想先吃几粒，但为了我们作坊的声誉，大家都耐心地忍着馋虫的煎熬。

花生凉了以后，我们小心地把花生衣搓掉，把白白胖胖的花生放在一个碟子里。

下一个步骤就是熬糖了。这是比较简单的活儿，把糖放进茶缸，用筷子搅啊搅，不一会儿白糖就融化成淡黄色的糖稀，冒出透明的气泡。当糖稀的颜色变成褐红色并闪出油漆一样的亮光时，河莲果断地喊了一声："好了！"她飞快地把糖稀浇到碟子里的花生米上，并用筷子不停地搅拌，使它们混合得更均匀。一种属于真正的花生糖的甜香气，刺激得我们一个劲儿地咽唾沫。几次想尝尝正在冷却过程中的花生糖，都叫河莲给拦住了。她说，一定要等到花生糖完全做好了，用小刀割成一小条一小条的，像街上卖的一样，才分给我们吃。

为了那神圣的一刻，我们眼巴巴地盯着那个碟子，祈祷它快快变凉。

等啊等，碟子终于冷却了。当河莲郑重地拿起小刀，分割花生糖的时候，我们听到了极清脆的响声。

花生糖已经凝固得像石头一样坚硬，无论怎么使劲，都不能使它和碟子分离，更无法变成一小条一小条的糖块。

河莲难过地说："我犯了一个大错误，应该在碟子里抹上油，这样花生糖就可以磕下来了。现在，我们的作坊出了废品。"

我们都劝她放宽心："不要紧的。这不是废品，只不过吃起来稍微麻烦一点儿罢了。"

我们这座世界上最高的花生糖作坊，出产的第一批产品，吃的时候需用这种姿势——双手捧着碟子，像花猫洗脸一样，用舌头舔碟子。

不过，说到味道，那可真是好极了！

我不吃羊肉，总觉得那肉里有一股青草味儿。小的时候，跟父母到北京的东来顺馆子里吃过一顿涮羊肉，回来后全身起了风疹。医生说是过敏，让我终生忌食羊肉。

到了西藏，羊肉就成了主要菜肴。做法很粗犷，用斧子将整头羊劈成碗口大的坨子，连骨头带肉丢进高压锅，再塞入一块酱油膏，撒点作料，拧上锅盖急火猛攻。一个小时后，一道名为"大块羊肉"的高原菜就算烧得了。大家就拎着饭碗来打菜。

我对同屋的果平说："你把我的那份儿菜打走好了。"

果平说："那你吃什么呀？"

我说："吃咸菜呀，我是宁肯吃咸菜也不吃羊肉的。"

果平说："你好傻啊，会写美丽的'美'字吗？"

我说:"会写呀!"说完,就用勺子把儿在手心上写了一个大大的"美"字给她看。

果平说:"原来你还挺聪明的呀!那你为什么不吃羊肉呢?什么叫'美'?'大''羊'两个字摞起来就是'美'啊,西藏的羊多大啊!"

我便如实相告,吃羊肉过敏。

于是,在吃羊肉的日子里,只有我一个人孤零零地吃咸菜。时间长了,被炊事班长发现,他说:"老吃咸菜怎么行?长久下去会得病的。"

我说:"那好啊,你给我做猪肉。可那些猪肉都是从平原运来的,数量不多,都让我吃了,就太对不起大家了。"几次小灶以后,我对炊事班长说:"我还是吃咸菜吧,这样心安。"

炊事班长见我很坚决,就说:"要不这样吧,你跟我到食堂的库房里挑一挑,看你喜欢吃什么,就拿点什么;反正每个人都有一份儿伙食费,你不吃羊肉就吃别的好了。"

我第一次走进库房。哇,好丰富!一箱箱的奶粉,成麻袋的红糖白糖,还有花生米、葡萄干、脱水菜、压缩饼干……真够琳琅满目的。可惜都是干菜坚果类,根本引不起人的食欲。

"就没有蔬菜吗?比如红红的萝卜、绿绿的黄瓜?"我实在太渴望吃青菜了,明知没有多少希望,还是试探着问。

"有啊。"炊事班长很肯定地说,随手拎出一筒罐头。三下五除二,打开来,倒真是有红红的萝卜、绿绿的黄瓜,只是它们强烈地冒出一股酸气。原来这是酸菜罐头。

吃了几次酸菜罐头，我就腻了。我跟在炊事班长的屁股后面转，突然发现一只神秘的小麻袋，袋口的线绳扎得紧紧的，灰头灰脑地缩在墙角。

"那是什么？可不可以吃？"我问。

"吃不得。那是一种虫子干儿，有怪味道。"炊事班长说。

我好奇地解开绳子，出现在眼前的是满满的一麻袋红橙鼓胀的——大海米！

"噢！我今天就吃这种虫子干儿了！"我快活地大叫着，要知道我们自打到了西藏，还没尝过海味呢！我顺手抓了一把海米填进嘴里，嚼得咯咯响，鲜香满口。

炊事班长吃惊地瞪着我，因为，他自小生活在西北的山区，从没见过海里的生物。

但连续吃了几次海米之后，我又腻了。这一回，我长了经验，不让炊事班长当向导，自己在库房里转呀转，想再发掘出点不同凡响的食品。

果然，我又找到一只奇怪的麻袋。看起来鼓鼓囊囊，拎一下却很轻。打开一看，原来是又大又圆的山西红枣。

我立刻用随身带的饭盆舀了半盆，连蹦带跳地跑出库房，对等在外面的炊事班长说："我今天就吃这个喽！"

炊事班长说："这个当零食吃可以，当正经菜可不行。"

我说:"能行能行,又能当菜又能当饭。"说着就跑远了。

以后,我和我的朋友们就热切地盼着吃羊肉的日子。我进库房用来盛红枣的器皿越来越大,最后,简直变成了一只小脸盆。炊事班长吃惊地说:"你一个女孩子,一顿吃得了这么多的红枣吗?小心别闹肚子。"

我说:"当然吃得了,你就放心吧。"

他不知道,每次都是我们全屋的女孩子一块吃红枣。在那些最严寒的日子里,我们团团地围坐在火炉旁,把红枣洗净,撒上白糖,放在小锅里,慢慢地煮。

在呼啸的风雪声里,红枣渐渐地膨胀起来,好像一轮轮暖洋洋的小太阳,把我们的脸都映得红艳艳的。

女孩子吃红枣,是很补身体的。

上山了。

我们五人——小如、果平、河莲、小鹿和我，有幸成为西藏阿里的第一批女兵，开始向雪山之巅进发。

一个炎热的早晨，我们坐上了从平原到西藏去的军用大卡车。大车厢里载了许多麻袋，内装大米。坐在麻袋上，把脚像芭蕾舞演员一般竖起，插进麻袋的缝隙。汽车摇摇晃晃地在布满石子的路上往山上爬，像一只笨拙的绿毛龟。

人人脑袋上方都笼罩着一片绿色。不是天的颜色，是汽车篷布笼罩的风景。我们大呼憋死了，要求同行的老兵批准揭开这顶盖子，看看外面的风景。

"透过篷布上的窟窿，你们尽管看，看个够。针尖大的窟窿能透过斗大的风，没听人说吗，眼皮是世界上最大的物件，你只要睁着眼睛，有什么看不到的?"同行的老兵懒洋洋地说。他是下山治病的,听说病还没治好,工作紧张,让他上山,所以,他闷闷不乐,一副苦大仇深的样子。新兵连长把我们几个女兵交给他,委托照应,他好像不堪重负的毛驴,又被人强压了一捆柴火,愤愤地不爱理人。我们只好像预备行窃的小偷一样,每人揪住篷布上的一个小孔,尽力向外张望。汽车颠簸着,大米麻袋不停地上下蹿动,好像一尊浑身长着硬颗粒的庞然大物,不甘心驮人,一有机会就想把我们从它背上掀下去。我被晃得肠胃错位,说:"一会儿,你们谁帮我一下?我打算改造一下座位,用几袋大米,摆成沙发模样。虽说硌屁股,肯定比现在舒服得多。"同病相怜的女兵,精神一振,都说我的主意不错。

"胡说!"老兵斥责我。

"怎么啦?"我不服气。

"你找死啊!上山的路,奇险无比,咱是摸着阎王鼻子走钢丝,你还想舒服?到时候一个急转弯,你的麻袋沙发砸下来,屁股倒是不硌了,整个人成了米粉肉!"老兵慢吞吞地说着刻毒的话。想想也是。我讨了个没趣儿,只得乖乖地坐着重新张望。车外是一片青翠的原野,有薄荷样的清凉味道,弥漫在裹着黄沙的空气中。

"要走几天才能到达目的地呀?"有人问。

大家都默不作声,车里能回答这个问题的,只有一个人。可是,此刻他眯缝着眼睛,好像已经昏睡过去了。

"要是没有什么意外的话,也就是说,不翻车,不遇上暴风雪,司机不得急病，车子不抛锚……六天。"过了好久，当我们对获知答案基本绝望的时候，老兵瓮声瓮气地回答。

"天啊，要走那么远的路！那还不到了外国啦？要是能快点就好了，到了我就能给我妈妈写信了。"小鹿说。她是我们之中最小的，肯定想家了。

老兵突然睁开眼睛，说："车走得那么快有什么好的？还是慢点好，抓紧时间，好好看看，好好闻闻吧。"他说得很认真，像是在传授什么秘诀。

我们四处乱瞧，耸动鼻子，但除了山峦和扑面的尘土以外，没发现什么特别好看、好闻的，只好请教他："你让我们看什么闻什么呢？"

"看地，闻气。"老兵很简略地说。地有什么好看的呢？每个人都在地上生活了十几年，地就像我们的身体，早就熟透了。现在我们巴望的是早早到陌生的高原上去。至于空气，不就是一种无色无味风一样流动的东西吗？它无时无刻不在陪伴着我们，鼻子里嘴巴里胸膛中都充满了它，从我们一出生就与之相伴了。

不得要领，只得继续请教傲慢的老兵。老兵这一回很健谈，好像一直在等着教育我们的机会。

"马上就要开始爬山了，当然，是汽车爬，不是我们爬。但是都一样，你会觉得路在我们面前立起来，汽车像个铁猴子在攀登。爬得高了，氧气就慢慢地稀薄了，好像空气和冰雪有不共戴天的仇恨，雪越多的地方，空气就越稀薄。"

"空气稀薄了是一种什么滋味呢？是不是就像感冒时，鼻子里堵满了鼻涕的感觉？"大家纷纷议论。

"不是那么回事。相比起来，感冒就太舒服了。缺氧的感觉，就像有人掐住你的脖子，然后用鞭子赶着你在玻璃罩子里跑；你拼命张大了嘴呼吸，可是肺永远是空的……"老兵若有所思地说。

"这真是太可怕了。"我们一个个煞白着脸，好像在听一个从地狱里回来的人讲旅游经历。老兵是个很奇怪的人，当我们满不在乎的时候，他就吓唬我们；当我们真的害怕了，他又变得大大咧咧。

"我告诉你们一个治缺氧的好办法吧，百治百灵的……"他很神秘地说。

"啊，我知道的，一定是吸氧气了。"小鹿的家里有从医的根底，抢先说道。

老兵有些泄气，但他很快恢复了指点江山的气概，说："你那是洋法子。荒山野岭的，到哪儿去找氧气筒？我说的是土方子，偏方治大病，你们知不知道？"

我们怕他一生气，就不讲了，忙狠狠地瞪小鹿，齐声说："知道知道，偏方治大病。"

老兵这才告诉我们："治缺氧的最好办法是——用背包带，喏，就是你们捆行李的那种，把自己的头紧紧地缠起来。记住，一定要用那根宽带子，窄的不管事。"

我们目瞪口呆，果平第一个战战兢兢地说："那还不得把人勒死了？"

老兵不大耐烦地说："我让你勒的是太阳穴那个位置，又没让你勒脖子，怎么就会死啦！"

大家想想也是，河莲说："是不是勒成日本浪人那副模样？"

老兵说："日本浪人什么样，我没见过；反正这个法子治好了许多缺氧头痛的兵，信不信由你们。"

我们赶快说："信！信！"

说话间，汽车马达发出很怪异的声响，好像是发动机得了肺炎，吭吭哧哧直咳嗽。老兵警觉地说："这就是开始爬大坡了。平原已经一去不复返了。"我们从墨绿色的汽车篷布缝隙，注视着越退越远的平原，意识到一种巨大的变化就要出现了。老兵谆谆告诫我们说："今天我们到了兵站的时候，你们一定不能跳下车就撒腿跑，因为身体根本不适应高原，你一剧烈活动，心脏的负担突然加重，它受不了，就罢工了，那样你就永远睡在第一个兵站了。"

尽管老兵的口气很平稳，我们还是吓得不敢大口喘气，河莲似乎连笑也很节省气力，再不像往日那样哈哈笑个不停，只是小小地抿着口，好像旧时代的小姐。她不放心地说："如果背包带勒头也不管事，那怎么办呢？"

老兵很干脆地说："那就成烈士呗。阿里这地方就这点好，不管你是因为什么原因死的，只要牺牲在高原上，就算是正儿八经的烈士。说起来也有道理，要不是保家卫国，谁到这天边似的地方来呢。"

我们都不想小小的年纪就成为烈士，因此，就很注意保护自己。大家话也不敢多说，软软地靠在大米袋子上，生怕一个微小的举动，消耗掉体内宝贵的氧气，悲惨地成了第一个用背包带勒头的人。

缺氧有一种轻度的麻醉作用，像喝了酒似的，晕晕乎乎。初次体验这种感觉的我们，以为是晕车呢，并不在意。只是原来观看景色的眼皮，好像被糊了一层透明胶纸，你什么都可以看到，却觉得遥远而虚假。刚开始是冷漠地眯起眼帘儿，后来，干脆昏昏欲睡，仿佛被人施了武林中的"麻骨松筋散"，大脑一片空白。

"到啦到啦！"老兵喊起来。

我们一惊，今天怎么过得这么快？老兵说："第一天登山的路，料到大伙儿都不习惯，特地安排得短些；以后甭想这么舒服了，晓行夜宿，早上摸着星星出兵站，晚上揣着月亮进兵站。对了，这还是在车子不闹脾气的好运气下；要是出了故障，另当别论，也许在大冰坡上蹲上个三天两宿，也正常。"

老兵有个爱好，特别喜欢说不吉利的话，从中感到极大的乐趣。

河莲撇撇嘴，那没说出来的话，我们都听到了——"吓唬人呗！"

老兵不傻，看出了我们的不以为然。他撩开篷布，一指兵站后面的小山，说："看到了吗？"兵站这个名字，很有点烽烟缭绕的边塞感，想象中该是个庞大的屯兵之地，发生过"增兵减灶"之类惊险的故事。哪怕是军棋上的兵站，也有些不凡。谁一躲进去，就可避免炸弹的袭击。军长、司令也常常在内休养生息。可眼前的这几间低矮的小平房，冒着袅袅的炊烟，和普通的民居差不多，实在让人难以生出英武之感。至于兵站后面的小山，要不是老兵特意提示，根本就没人注意。一路上，这种貌不惊人的山梁，大约经过了"十万"座。

"看到了。"大家应付老兵说。

"看到什么啦？"老兵穷追不舍，好像诲人不倦的老师，课堂上提问没完成作业的差生。

"看到一座普普通通的山。"我们懒懒地答道。

"谁让你们看山了？我让你们看的是山上的东西。"老兵有些火了，脸皱得像汽车轮胎。

"山上还有东西？"我们很吃惊，幸好我们都是刚验过身体的新兵，视力绝对如雏鹰般敏锐，很快就看到了小山坡上的确有一些隆起的小土包，好像还有凋零的白花。

"知道那是什么东西吗？坟。是一些像你们一样年轻第一次上山的兵，没经验，觉得高原也没有什么了不起的，天是一样的蓝，水是一样的清。他们不听警告，低估了高原的杀伤力。有人因为憋了一泡尿，下了车就跑，'啪'地摔倒了，再也没起来，永远地留在了高原上。从今天开始，你们在山上的每一个兵站后面，都会看到一片铺满白雪的墓地。今天才是高原的边角，雪山的第一节台阶。假如你们要想在高原上活下去，必须得对高原毕恭毕敬；你瞧不起它，它就让你拿命来向它赔不是。记住了吗？"老兵这一席话，说得我们开始对他佩服得五体投地。

老兵率先下了车，铁拐李似的，走得极慢。我们按照他的样子，像旧社会的小脚女人，一步迈不了三寸。

西部夜幕落得晚，这天行程也短，此刻太阳在很高的山上悬挂着，像一只金羽毛的火鸟，灿烂而冷漠。果平说："啊，我对高原的第一个感觉是寂静，第二个感觉是寒冷，第三个感觉是空旷，第四个感觉是……"

老兵不屑地说："这里才3000多米，你就那么多的感觉；要是到了阿里，足有5000多米，你还不得弄个十条八条的感觉，累不累啊？"

果平仿佛被人塞了一脖子雪，立时打击得没了说话的情绪。我们慢慢地走到食堂，默不作声地开始吃饭。主食大米饭，菜肴因为一下子来了这么多人，兵站措手不及，就倒了半盆酱油，说用这个拌米饭，很好吃的。

我在心里说："这玩意儿黑不溜秋咸了吧唧的，倒在米饭里，能咽下去吗？"

咳！真奇怪，舌头一上了高原，好像也发生了奇妙的变化，竟然完全分辨不出食物的味道。米饭吃到嘴里，像一粒粒长着刺的锯末；酱油汁把米饭渗透到发红发黑的地步，也不觉得咸，好像搅拌进去的是一种无味的特殊颜料。胃比舌头可捣蛋多了，刚吃第一口，就想吐。看我们眉头紧锁不动筷子，老兵大口咽着饭说："知道了吧，这就是高原的厉害了，它会变魔术。从现在开始，你们要放弃在平原上的许多怪毛病。吃东西，不是为了舌头，而是为了肚子、为了脑袋、为了胳

107

膊腿……一句话，为了能在高原上好好地活下去，你必须得吃。别理舌头那家伙，听它的，你什么也不想吃；更别理胃那个软溜溜的没骨气的玩意儿，它想吐，你愣吃，它也没法儿，吃进去就是胜利。"

我们像吃毒药似的每人填了半碗饭。甭管老兵怎样用眼光督战，还是义无反顾地撤离饭桌，到各自的房间睡觉去了。躺进冷硬如铁的被窝时，我最后一个动作是看了看宽背包带放在哪儿。

咳，也不知道明天早上，我还会不会在阳光下醒来？要是就这样"烈士"了，倒也不算太难受。我想着，很快地就睡着了。

第二天起来的时候，没什么独特的倒霉感觉，我甚至都有点失望了，高原不过如此。但很快，我就知道自己小瞧了高原。它用大智若愚的绵长内力，慢慢地持久地消耗着我们，当到达海拔近6000米的界山大坡时，猛地一变脸，发动了全面攻击。

胸膛里吸进的好像不再是空气，而是一种黏糊糊的金属，沉重而压抑；肋骨好像变成了八脚章鱼，紧紧地箍着肺，让它没法像平日那般自由地扩张；脑袋里装满了打火石，摇一下就金星乱冒；眼珠子胀得难受，恨不能把它抠出来，用冰凉的雪水擦擦四周，再安回狭小的眼眶；每个人嘴唇青紫，好像刚刚吃完玫瑰香葡萄，葡萄皮没吐干净。

恰好这时，由于海拔太高，气压太低，汽车也犯了高原病，水箱开锅了，呼呼直冒热气，像个火车头。司机只好停车，到远处去背雪，赶快给发高烧的汽车降温，让它歇息一会儿，才能继续赶路。

我们像一些80岁的老婆婆，颤巍巍地爬下车。虽然一上一下又要消耗不少体力，喘似多年的老气管炎病人，但我们还是要站在雪地上，透透风。

无垠的雪原环绕着我们，5个女孩子互相搀扶着，站在巨大的高原中央，惊讶它无比的美丽和壮观。天蓝得让人误以为是深不可测的海底，一朵白云像沉睡千年的珊瑚礁，凝然不动地沉没在空中；喜马拉雅鹰像热带鱼一般翩翩而过，黑翅掀起的气流，使山影像浸在水里的绸缎般抖动不止；陡峭的山峰戴着白雪的桂冠，安然地屹立着，好像在打坐，思索着人世间的难题；在偏戴的帽子顶端，镶着钻石般的冰川，在阳光的照耀下，折射出的无数根银线，几乎要把人的双眼刺瞎；精灵般的野马，用花瓣一样的蹄子，把山石敲打出紫色的火星，似岚气顺着山脊蜿蜒攀升，只把一条乱甩的尾巴，留在跟踪它的目光里……

我们呆呆地看着，缺氧使我们变傻，恍惚间觉得自己到了月亮背面。虽然极端的荒凉，但美得令人不可思议。

果平掐掐自己的腮帮子，说："咦，我怎么不觉得疼？这是在梦里吧？"

河莲很有经验地说："因为太冷，你脸上的肉都变成木板了，所以感觉不出疼。你可以换一种方式，比如用牙咬咬舌头，狠一点，才会有效果。"

果平"呸"了她一口说："我宁愿相信自己是到了火星，也不愿把舌头咬出血。"

河莲做出很无辜的样子说:"我在脑子缺氧的情况下,还替你想出这样有效的办法,真是不识好人心!"

什么事都怕说,本来每个人都头痛欲裂,以为别人没有感觉,就不好意思呻吟叫唤;现在有人开了头,大家就同仇敌忾地叫起苦来。

小鹿的头上早已绑了背包带,因为用力过大,额头勒得像个细腰葫芦,嘴巴被扯到耳朵根,好像她无时无刻不在嘲笑谁。她说:"还偏方治大病呢,我的脑袋都捆成炸药包了,一点用也没有。"

果平说:"真想把肺从肚子里掏出来,寄到平原去,让家里人给灌饱了氧气,再寄回来。"

河莲说:"那可得挂号。要是万一寄丢了,你不就成了有心没肺的人了?"

沉稳的小如说:"我有一个设想……"

大家就都很感兴趣地凑过来,要知道在这里冒出来的设想,很有可能是世界上最高级的,别的地方海拔哪有这么高啊!

小如说:"我想制造一种氧气压缩片,小小的、白白的,很洁净的样子。含在嘴里,甜甜的,用舌头一抿,就有清凉的氧气从牙缝中源源不断地冒出来;呼吸到肺里,肺就像海上的风帆一般,张开来,像白蝴蝶一样,这样所有缺氧的难受就都消失了。"

我们听着,都无限神往地抿舌头,舔牙缝……可惜啊,嘴里翻腾的都是昨天晚上酱油泡米饭的滋味,小如的氧气压缩片只是一个梦。老兵不知道什么时候走了过来,听了我们的谈话,说:"氧气可以压缩到瓶子里，关键时刻还真的能救命呢。压成片，没听说过；就是能行，也不能做，太危险了。比如你兜里装了许多氧气片，要是经过炉子旁边，会呼的一下烧起来，爆炸起火……"

我们掐着自己的太阳穴，困难地思索着老兵的话，在高原上，神经的传导也像蜗牛一般磨蹭。半晌之后，我们在心里强烈地反驳他："老兵，你也太没有想象力了。难道不能把氧气压缩片的外面裹上一层保护的红红糖衣，让它像巧克力豆一般美丽吗？揣着它经过火炉的时候，至多是外皮有一点发黏，并不影响使用。需要的时候含在嘴里，轻微的香甜过去之后，糖衣融化完，就一定会有带着薄荷味的氧气，像雨后森林的风一般，源源地飘出。"

　　远处的半山坡上，有一排独立的小房子。平日总是锁着大门，大锁锈迹斑斑，叫人怀疑能否打得开。人们走过的时候，总是绕得远远的，仿佛那里潜伏着瘟疫或猛兽。

　　那是医院的太平间。

　　真想不通，汉语里为什么把和死亡有关的事，都叫作"太平"。比如轮船上救生的太平斧，剧场里供大家逃难的太平门……好像一叫太平，再危急的事，也可以化险为夷。

　　但人一死，的的确确是太平了。不太平的，是活着的人。

　　太平间躺着病死的人，基本上是独往独来。高原地广人稀，死亡的事虽然经常发生，因为总的基数小，出现的频率就不很高。一般死了人，都由值班的医生、护士负责给死人更衣。要是轮到女兵上班，男卫生员们就会说，还是我们来吧，省得你们做噩梦。

一天，边境线上发生了激烈的战事，伤亡很大。医生们都在抢救伤员，活着的毕竟比牺牲了的更重要。但尸体从前线拉回，卧在太平间，久久地不处理，也于情理不容。

领导找到我说，给女兵一个艰巨的任务。

我说，您说吧。

领导说，有一个年轻的班长，战死疆场。人手实在不够，要由你们给他更换尸衣，明晨下葬。

我说，还有谁参加？

领导说，还有政治部的一名干事，负责登记烈士的遗物等事宜。他以前处理过阵亡将士的事，有经验，你们听他的。但他身体不好，动嘴不动手，你们要多请示，多照顾他。

我咬着乱颤的牙关，说，是。心想一个大男子汉，居然要女孩儿们在死人当前的时候照料他，真不知是他的耻辱还是我们的光荣。

我说，人在哪里？

领导说，干事吗？

我说，班长。

领导说，在三号。

就是说尸体在太平间的第三间屋子。我回到宿舍，向大家传达了这个前所未有的任务，全场先是静寂了三分钟。炉子里有一块烧得正热的煤，啪地裂开了小缝，火苗从一大朵分裂成两小朵，发出丝绸抖动的声音。

我说，说话啊，现在又不是为烈士默哀的时间。

小鹿说，烈士是一位男的啦？

我说，阿里高原上的女兵都在这间屋里了，你说他是男的还是女的？

小鹿说，这个我知道。只是要给一个男青年从里到外换衣服，心里总有点那个。是不是连内裤都要换？

我说，是。他是我们的兄弟……

小鹿摆摆手说，大道理你就甭讲了，我都懂。我就权当他是一截木头好了。

果平说，比木头还是可怕多了。要知道，他死了。

小如细声说，咱们平常也不是没在临床上接触过死人，没什么不一样的。反正都是个死，大着胆子收殓就是了。

河莲说，我看还是有原则上的不同。病死的人，浑身是囫囵的，就算瘦得只剩下几根大筋，用医学的话讲是恶液质，毕竟五官完整。战死的人，你知道致命伤在哪里？若是在脑袋上，跟关公大老爷似的，头都没有了，或者说头虽然有，但身首异处，需要我们用丝线把脖子和脑袋缝到一起，那咱们可就有活儿干了。

我本来胆子还大些，听河莲这样一说，毛骨悚然。可我是班长，三军不可夺帅。就狠狠地对河莲说，不得蛊惑军心！现在也不是冷兵器时代，不会出现一把大刀把头剁飞了的情况。就是战伤在头部，也不过是颅脑粉碎性骨折或是大动脉断裂，头骨肯定还是在的。

果平说，哎呀我的妈呀，班长你就别讲了。血肉模糊脑浆迸裂，这比一个头叽里咕噜地滚到一边去了，还可怕。

我说，不管可怕不可怕，我们必须完成任务。最简单的一个道理就是，要是你阵亡在这荒无人烟远离亲人的地方，浑身上下沾满血和泥巴，到处是和敌人搏斗的痕迹，你愿意就这模样埋进烈士陵园吗？

小鹿最先说，我不乐意。听我奶奶说，人死的时候穿着什么衣服，到阎王老子那儿就是什么打扮。所以人的老衣都得是最好的。我们这么小岁数就不在阳间了，更得穿得像点样子，最好仪表堂堂。

果平说，你那是迷信啊。不过活着的人，会常常梦见死去的人。要是我们穿得太破烂，家里人在梦中相见的时候，心里会难过的。

小如长叹一口气说，真到了为国捐躯的时候，别的我也顾不了，但我希望给我穿一套干净衣服，不一定是新的，但一定要有香皂味。

河莲冷笑道，人都死了，还管那些。要是我啊，生是什么样，死也是什么样，无所谓，生死如一。也省得让别人心里起腻，在这里讨论来讨论去的。一把黄土埋了，大家清净。

你很难说河莲这番话是正说还是反说，但她刺激了我们，使大家脸上滚烫起来。是啊，都是为了保卫祖国，我们从各地聚集，来到这苍茫的世界第三极。现在有一个兄弟远行了，我们不能在他生前帮他击败敌人，难道在他死后，还不能伸出手去，为他的遗体做点什么，把他打扮得漂亮些吗？

我们排着队，缓缓地向三号太平间走去。一位瘦得像竹子的干事蹲在太平间门口，低着头，好像在看蚂蚁爬。当然了，地上肯定没蚂蚁，这里高寒缺氧，蚂蚁都不肯做窝。

你是小毕班长吧？我姓朱。他伸出手说。

和朱干事握手的时候，有一种被根雕捏住的感觉。我把他左右一打量，决定称他竹干事。竹干事拿出一把钥匙，边缘粗糙锐利，几乎没人用过，递到我手里说，你把太平间的门打开。

我说，你怎么不开？

他说，我胆小。

一个男人当着一帮女孩子的面，公开承认他胆子小，你还有什么可说的？我原来只以为他是个病秧子，没想到脸皮还挺厚。我心里也吓得够呛，但当着一班人，只有挺身而出，奋勇向前。

门开了。太平间的屋子并不很大，但给人阴森森的空旷感觉。地当央水泥制成的停尸台上，直挺挺地仰卧着一堆白色物体，依稀看出人的轮廓。上覆一匹宽长的白布，四角垂地，笼罩地面。我们依次走进去，围着尸床站定，默不作声，好像在瞻仰一座雪丘。

竹干事贴墙站着，保持着和尸体最大的距离，对我说，你去把蒙尸布揭开。

其实从一进了太平间的门，我们已经没有退缩的余地了。无论如何都得把任务完成，这是铁的戒律。但是我讨厌一个男人临阵脱逃的胆怯，更甭提他还是我们之中，唯一处理过阵亡事宜的老手呢。

我反问，你干吗不去揭布？

竹干事很惊讶地说，你们领导没和你说过吗？

我说，说了。说你有经验。

他说，除了这个，就没说别的了？

我只好说，还说你动口不动手。

竹干事说，这就对了。那我现在动了口，你为什么还不动手？

我说，你是老兵，应该给新兵做个榜样。你有经验嘛！

竹干事苦笑着说，我有什么经验？不过就是处理过一次敌方死尸。那是一个三十多岁的大胡子，两条腿炸断了。原本想就那么连着衣服埋了。后来上级指示，出于革命的人道主义，还是收拾得体面些。第一步要把身上的血污洗了，开始我们用刷子刷，没想到血是刷掉了，但肉也跟着掉。不知是谁想出的法子，在尸体的脖子上套了一根绳子……

我们又怕听又想听，恐惧地盯着竹干事苍白的薄嘴唇。小鹿忍不住哆嗦着下巴问，你们是打算，把他，再吊死，一回吗？

竹干事不理这茬儿，接着说，我们在尸体的腰当间也拴了一道绳子……

河莲说，我的天，该不是要五马分尸吧？

小如掩着半边嘴说，有革命的人道主义管着呢，别瞎猜，太吓人了。

竹干事有个本事，就是你说破大天，他沉着镇定，一派大将风度，按自己的顺序走，一板一眼说下去。

我们把大胡子上下拴好，就把他沉到河里，拽着两道绳子在河岸上慢慢走。他躺在水里，被太阳晒热的水，从他身上缓缓流过，头发飘着，很悠闲的样子。我们累得够呛，像伏尔加河上苦难的纤夫。大胡子刚开始下水的时候，水是清的。过了一会儿，下游的水流渐渐地变脏了，那是大胡子身上的硝烟和火药末脱落下来。又过了一会儿，水流变红了，那是凝结的血块溶解了……

小如捂着耳朵说，竹干事，求求你，别讲了。我直恶心。

河莲兴致勃勃地说，讲，讲！真是新鲜事，从来没听过！

我从骨子里，是一点也不想听这种可怕经历。可我知道当一个女兵，必要的时候要有铁石心肠。竹干事看起来瘦弱，意志却很顽强，才不在乎你是不是恶心欲吐，坚持按自己的想法行事。

……等到河水再次变清的时候，我们就把大胡子拉到岸上，平放在岩石上……竹干事依旧平静地叙述着。

大胡子的肚子是不是胀得像个鼓？河莲嘟起自己的腮帮，好像自己也被人按到水里，淹了个半死。

没有。溺水的人腹胀如鼓，那是因为在水中挣扎，把太多的水灌入胃里。或是死后尸身腐败，产生气体所致。大胡子是死后入水，牙关紧闭，肚子里没进水。再说我们很快把他从水中拖出来，他也来不及腐败。竹干事很科学地解释。

可他总会有一点变化的。就像我们在水里洗衣服，时间长了，手指肚也会泡得发白。果平很有点打破砂锅问到底的英雄气概。女孩子好像有个通病，越可怕的东西，越好奇。

竹干事有些惊异地说，你有经验，猜得很对。大胡子被流动的河水，洗得很干净，皮肤稍微有一点肿，这使他看起来比我们刚认识他的时候，胖了一点。我和我的战友们坐在河滩的巨石上，谁也不说话，抽着烟，静静地等着呼啸的山风和西斜的太阳，把大胡子吹干。突然，我的战友站起来，走到大胡子身边，把一支点燃的香烟塞到他手里。我说，这是干什么？战友说，我刚才拖他的时候，看到他右手的食指和中指肤色很黄，说明他是一个老烟鬼。他躺着看着咱俩吸烟，一定眼红得不行。给他解解馋吧。

我看着袅袅的烟气，像风车一样，在大胡子胸前绕啊绕……

后来呢？我们几乎异口同声地问。

没有什么后来。竹干事说。后来大胡子被风吹干了，衣服和脸都很干净，只要不看他的膝盖以下，像一个旅游时睡着了的异国人。我们给他的遗体照了相，按照他们的风俗，用白布裹起来妥善地安葬了。每一步处理都照了相。听说这些相片都在外交部的铁匣子里放着，作为曾经发生的历史，保存着。

屋里很安静。好像大家都消失在空气里了。许久后小如说，我以后再也不喝狮泉河的水了，它洗过死人。

竹干事说，你尽管喝水就是。洗过死人的狮泉河水，早就流进印度洋，只怕现在都到北冰洋里打旋涡了。

河莲最先从故事中苏醒，说，竹干事，你既然这么有实践经验，为什么非要我们班长揭开盖布，何不身先士卒？

竹干事说，你以为我不想在女孩子面前，表现英雄气概？只是从那次以后，一碰到和死人有关的事，我就骤发心动过速。吃什么药也不管事，真气死人。也不是害怕，我当时不害怕，以后也不害怕。但是我脑子不怕，心却不争气。战友们都知道我这毛病，凡是和后事沾边的活，一概不让我参加。这次战事较大，大家都很忙，是我主动要求处理尸首的。这会儿心跳已经像锣鼓点了。我就不亲自动手了，请诸位娘子军原谅。

我们表示充分的理解。只是河莲嘟囔了一句，竹干事，可惜了。你这个样子，恐怕当将军无望了。

我义不容辞地走上前去，揭开了尸床上的盖布。我的动作很大，想象中，那布该是冷重如山。不想白布像云一般，飘然飞起，在半空中平平地伸展开，好像被一股神奇之气横托着，久久才悠然而落。一名年轻士兵的脸，像新月一样，洁白光滑地对着天花板，静静地躺在水泥床上，眼皮微睁，蝌蚪般漆黑的瞳仁，稍微倾斜地看着我们。

悚然震惊！

在揭开这块布之前，虽然他明明就在我们身边，我们下意识里以为他未必真的存在。揭开这块布以后，他以极大的威严君临一切，不存在的是我们。

他穿着很整齐的棉军装，只是腰间有些臃肿，好像揣了几颗手雷。

其他部位严谨利落，并无血迹，一时间竟看不出伤处所在。脸如同大理石雕刻，因为失去了热血灌注，就像高大的乔木在冬季落尽叶子，线条刚硬简洁。嘴唇的曲线因为死前的痛苦与坚忍，略有弯曲，好像有一句很重要的话，封闭在紧咬的牙关之后。他的手很规矩地半握着拳，紧贴着裤线安放着，似乎准备随时收起肘关节，取胸前半端位，唰唰摆动起来，应和着口令开始跑步。

竹干事挤在墙角嘶哑着嗓子说，先找到伤口，然后清洗。然后给他穿上新军装。旧衣服里面的每一件遗物，都要告诉我，我好做登记。如果有钱什么的，更要保存好，以便交给家属。

我们无声地点点头，表示明白了。

我轻轻地走到班长面前，解开了他棉衣的扣子。那些圆滑的塑料扣子，因为一直在冰冷的太平间里沉浸着，摸在手里，如同机器制造的冰雹。我的手指不一会儿就冻僵了，解得很慢，大家凑过来要给我帮忙。我说，河莲站对面，暂时有我们两人就够了。别的人听我指挥，需要什么东西，你们好去找。

我知道给死人脱衣穿衣，比给活人做这套动作麻烦多了。本来只以为他不会配合，操作者多费点力气就是，干起来才明白，生死这道分水岭，把简单的事变成了一道天大的难题。

上衣扣子解开后，局势开始明朗。腰间的膨出更加明显，暴露出白色的三角巾，那里必是致命的伤口所在。三角巾其实完全不能再称为白色，它被鲜血染成通红之后又凝结为深咖啡色，坚硬干燥，像是一块巨大的巧克力板。

我企图把它解开，马上发现是痴心妄想。血液凝固再加冷冻，强度赛过钢板。我头也不抬地问，腹部缠着浸满陈血的三角巾，解不开，怎么办？

我知道竹干事在远处密切注视着事态的进程，随时准备以他的经验答疑解难。

先把情况搞清楚。竹干事指示。

我观察了一下三角巾，因是战友匆忙包扎，不似专业医务人员规范，有的地方紧，有的地方松。我把手指探到血绷带之下，艰难地暗中摸索。先是在腹部正面触到半个圆滚滚的东西，好像是老式的台灯罩，然后又在它的四周摸到一摊腻滑的东西，好像是盘起来的电缆。经过卫生员训练，我对人的肚子部位大致该有什么，已是心里有数，但对这摊物件，实在想不出是什么，颇感莫名其妙。

看我愣着发呆，竹干事说，摸着什么啦？

我说，不知道。硬，滑，圆，一缕一缕的……

那是肠子。竹干事说。

我结巴着说，在……哪儿？肠……子？

就在你手底下。竹干事把头扭向一侧，不看我，盯着太平间洁白无瑕的墙壁说。

我说，你也没见，怎么知道？

竹干事说，这就是老兵和新兵的不同，干部和战士的区别。咱们吃军粮的年头还不一样呢。子弹击中了这小伙子的肚子，肠子流了出来……就这样。很简单。

既然确定是腹部外伤，伤处就是清洁处理的主要部位。再像挖巷道那样，把手探进去作业肯定不成，需要把三角巾取下来。

拿剪子。我吩咐道。

小鹿说，拿哪种剪子呢？

我们每个人只有巴掌大的旅行剪刀，平常剪个补丁什么的，还可凑合。对付这种血染的绷带，简直是头发丝系轮船，力不从心。炊事班还有几把抠鱼鳃破鱼肚的大铁剪刀，用于烈士身体显然不敬。我略一思索，转而对果平说，去，把手术室的剪刀拿来。

按说我一个小兵，没权私自把手术室的装备，带到太平间。但县官不如现管，果平是手术室的护士，我是她的班长，调把剪刀出来，还不手到擒来？

果平跑出又跑进，把锋利的手术剪刀递向我说，给。

我操刀就剪，原以为必然势如破竹，没想到不锈钢的剪刀，只把血纱布豁开一个小切口，就再也推不动了。好像用刮胡刀片切西瓜，深入不下去。

我埋怨果平，你这剪刀也太钝了。

果平委屈地说，我特地挑了把新的呀！

我说，那就换大号的手术刀。

果平刚要再跑，竹干事说，刀也不一定行。手术器械，都是给活人准备的，自然以小巧精确为上。对付死人，又是血又是泥的，搅到一块儿，比混凝土还结实，好比是秀才遇见兵，没用。人已经死了，就不必考虑那么多了，用锯吧。

我对小如说，你到木工房去一趟，借把锯来。

小如说，他们那儿正赶做棺材哪，不一定借得出来。

我说，就一会儿，跟他们说点好话。再说了，咱们这儿要是不给烈士穿好衣服，他们的棺材里躺谁啊！

小如拔腿走，竹干事说，顺便再借个木匠来。

小如说，干什么啊？

竹干事说，谁能使锯子？你们还是我？我是会，可这会儿我的心跳已经一百八十下了，没法干活。也许我官僚，调查研究不够，你们这里还有女木匠？

河莲鼓了鼓嘴巴。我知她老爹是将军，指挥打仗可能有遗传，但木匠肯定没练过，把嘴鼓成蛤蟆也没用。

小如说，借借试试。但锯子有百分之八十的准头，木匠只有百分之二十的把握。

竹干事说，你先去。木匠如果不来，我就带着枪去请。

这事就算商量妥了，没想到河莲说，用人工多慢啊，用电锯多好啊。

我没好气地说，到哪儿找电锯？

河莲胸有成竹，说手术室就有电动骨科锯。

果平说，啊呀，我倒忘了，真是有的。只是平时极少用，只有截肢的时候才拿出来。河莲你眼里真有东西，连我这个手术室护士都没想到。

河莲说，你忘了我曾在手术室代过几天班？你的家当都印在我脑瓜里了。随时留心地形地物和一切地面设施的分布与功能，是一个优秀军人必不可少的素养……

我打断她说，河莲，那你会用电锯吗？

河莲做出不好意思的模样说，真叫你猜着了，我偷着练过，还真能凑合着用。

果平惊道，你本事可真大，就差没偷着给自己开刀了吧？

河莲惭愧地说，我用锯没有师傅指点，按照书上写的自己摸索，操作不一定正规，也算是自学成才。

果平取回骨科电锯，寒光闪闪，令人生畏。河莲接过来，对着烈士说了一句，大哥，我自知手艺不精，可事到临头，只有我为您做这件事了。您就多担待着点吧。我呢，手下也悠着点劲。好在您那么重的伤都忍了，这会儿感觉也不灵敏，熬一熬，马上就过去了。您要没什么意见，咱这就开始了。

我们扭过头看看尸床上的班长。千真万确，我们都看见他眨了一下眼睛。

河莲说完，操着电锯，接上电源，跃马横刀，就在血板上操练起来。电锯发出暗哑的噪声，像是一头沉闷的野兽在呜咽。布三角巾的纤维应声断裂，沿着锯口的边缘卷曲起来，每根布毛的外周都是暗褐色的，但血未能浸透的内芯，还保持着布的本色，好像一种外红内白的奇异羊毛，被一根根扯断了。

机械化就是比手工快得多，片刻工夫之后，血板像断裂的盔甲，碎为两瓣。河莲放下电锯，用力一掰，血板就像散了桶箍的木板，向两侧打开。班长神秘的腹部，暴露在众人眼前。

真相大白。

他的下腹部是一个触目惊心的大弹孔，肠子汹涌地流出来。急救时，战友们用一个大号军用饭碗扣在肠管上面。碗口罩不住，长长的肠子就盘在碗的四周，好像水泥管子上头，盖了一顶小草帽。

竹干事远远地看了一眼，闭着眼睛说，把碗取下来，把肠子塞回去。

这无疑是正确的。但人的肠子流出来容易，塞回去可不那么简单。首先是碗取不下来。它和肠子紧密粘成牢不可破的一坨，好像埋藏千万年的化石。

当然可以再用刀锯之类，强行把碗取下。但无论怎样小心，也会伤了班长的肠子。哪里能忍心让战友再受伤害！我们盯着竹干事，等他拿主意。

竹干事眯缝着眼，似看非看地朝着这面，想必也在发愁。

点火！竹干事说。

烧哪儿？我们齐声问。

当然是烧炉子！莫非你们还想把房给烧了？竹干事火了。

太平间里是没有炉子的。当初盖屋的时候，设计者一定想死人不需要保暖。今天为了让凝固的肠子和饭碗分开，必须加热太平间。

搬炉子架烟囱来不及，我们分头从别处找来几个炭盆，把燃烧的红柳根放进去，围着尸床摆了一圈。旗帜般的火苗，在盆里欢快地跳跃着，由于冷热空气的剧烈对流，火舌会突然冲出盆子的上空，互相勾引着，在一个极短的瞬间，在空气中融成不规则的火环，然后又气急败坏地分开，独自很有弹性地跳动着，给屋里带来春天的气息。静卧着的班长的头发，被气流吹开，惨白的脸庞，反射着金粉色的光辉。

等待。等待铁和血的分离。许久，许久。我们默不作声，在死去的人周围架起火焰，让人有一种宗教般的感悟，说不出话来。竹干事似乎受不了压抑的气氛，到屋外换气。

有滴答的血水从尸床上流下。河莲用手轻轻一拔，碗就取掉了。

我们都倒抽了一口冷气。没了饭碗的掩饰，致命的伤口更加狰狞恐怖。血肉横飞不说，透过肠子的缝隙，依稀看得到尸床的水泥板。

腹部贯通伤！河莲叫起来。

更可怕的还在后面。班长正面的伤口很吓人，背部的枪眼却很小。敌人丧心病狂地使用了国际上禁用的达姆弹，炸出了巨大的创面。

河莲严峻地说，班长，你知道这说明了什么？

我茫然地说，说明了敌人很残暴。还说明什么呢？

河莲愤怒地说，还说明了子弹是从背部射入的，说明在战斗中，这位班长是用脊梁骨对着敌人，也就是说，他是——逃兵！

这怎么可能?! 一时间，我们呆若木鸡。赶快用眼睛搜寻竹干事，他领着一个圆圆脸的小兵，正好迈进门。

这是和班长烈士一起参加战斗的战士，让他给你们讲讲经过吧。竹干事看着地面说。

圆圆脸听到了河莲最后的话，怒火冲天地说，谁说我们班长是逃兵，谁就是敌人的奸细……

我们当然知道河莲不是奸细了，但圆圆脸的心情也可理解。听他讲完，我们才知道子弹为什么从背后击中年轻的班长。

在边界上活动的叛匪，极端剽悍骁勇。他们奉行一种打得赢就抢，打不赢就跑的策略，经常从国境的那一端武装回窜，见了老百姓的牛羊就抢，然后一声呼哨，流窜回那边，围着篝火烤着抢来的羊腿，吃个一醉方休。待到羊腿吃光，舔舔嘴唇，他们又开始策划下一轮的抢劫了。

老百姓遇难，首先想到的是找边防军。这一天，有人报告，叛匪又来了，抢了牛羊，正在向格乐山口逃窜。边防军兵分几路，向格乐方向飞驰，力争在国境线的这一面，把敌人堵截住，把老百姓的牛羊救下。

我和班长一路，我们跑得最快，班长做梦都想立功。圆圆脸说。

前面是一座高山，有一个山口。我们骑着马，旋风一般向前冲去。马上就要到山顶了，按照常规，应该下马，匍匐前进，侦察好前面的情况，再继续追击。可是班长求胜心切，怕敌人赶在我们前面撤回国境那边，就大叫了一声，同志们，跟我冲啊！第一个飞上了山顶。叛匪多么老奸巨猾，他们算定了边防军一定会拼命堵截，就事先在路上埋伏好了，把枪口的准星和山顶对成了一条线，只待我们的人马一出现，就开枪阻击。在平常的电影和小说里，都是我们打鬼子的埋伏，其实敌人也会这一套，也能给我们布个口袋阵。班长骑着马，冲上顶峰的那一瞬，我正好在班长旁边，稍靠后一点。班长英武极了，背后是雪原，像是天兵天将。没想到，就在这一秒钟，敌人的枪声响了……他们都是惯匪，加上又有准备，枪法很好，第一枪就击中了班长的马眼。那马眼珠迸裂，一声嘶鸣，痛得腾空跳了起来，疯狂地掉转了身子……正在这时，敌人的第二枪赶到了，他瞄的是班长的胸膛，由于战马飞腾而起，又转了一百八十度的圈，这发子弹就从班长的背后射入，把肚子炸开。

我们慌了，眼见得班长的肠子，像绳子一样地掉出来。我们喊，班长班长……班长说，喊什么，没见过人肠子，还没见过猪肠子吗！他一边把掉出来的肠子往伤口里送，一边说，别管我！快打敌人！我们立刻开始了还击，把子弹像泼凉水一般地洒过去。叛匪看势头不好，就甩下被打死的同伙和抢来的牛羊，缩回到国境那边。

我们围着班长，他的肠子送回去一部分，还剩一些塞不进去。人的肚子也像箱子似的，有的时候，你要是把东西都翻出来，再放就盛不下了。不知是谁想起，战地救护手册上写过，碰到肠子流出来，要用一个干净的碗扣在上面。我就把饭碗拿出来，那个碗就是我的……

圆圆脸指指炭盆旁的大号军用饭碗。

一个战友撕开了急救包，把班长的肚子包扎起来。班长说，战斗很漂亮啊，除了我，你们都可以立功。我们说，班长，头功是你的。班长说，我口渴……到处都是雪，因为追击紧张，我们都没带水壶，这时就用嘴巴含了雪，化成水，喂给班长……班长的血流个不止，地下成了一片红雪。班长刚开始还能咽下我们的水，但过了一会儿，牙关就越来越紧，雪水也喂不进了。我们吓得不行，有几个人就掉眼泪。班长说，别哭，战士可以流血，不能流泪……我好想家里的人啊……话没完，人就不行了……

圆圆脸说到这儿，泪流满面。

河莲说，合着你们班长连一个敌人也没打死，整个是壮志未酬。没点军事头脑，死得没价值，冤枉啊。

圆圆脸说，不许你这么说我们班长。他只比我大一岁，也没上过军事院校，看过唯一一本讲兵法的书，就是《水浒》。他用命告诉我们，让我们都记住了，打仗会流血。

河莲说，干什么都会流血。

圆圆脸愤愤地说，你们躲在后方，流什么血！

一句话把大家噎得哑口无言。竹干事有气无力地说，分工不同。你去让后勤部把新衣服送来，记着要比平日你们班长穿的大一号。帽子要大两号。鞋要大三号。

圆圆脸走了。大家说，下一步干什么？

我说，把班长全身的旧衣服都换下来。

竹干事说，对。可以用电锯，但记着别把衣服的兜锯破，一会儿还得清点遗物。

河莲很乐意干这活儿，电锯忙碌不停，好像是在锯一棵古树。棉衣锯开了，棉裤锯开了，绒衣锯开了，绒裤锯开了……卸下的衣服堆在墙角，支离破碎。

班长现在像个婴儿一样无牵无挂地躺着，我们开始为他洗澡。我们用新的毛巾，泡在温水里，轻轻绞干，很仔细地给他洗脸擦身。

把班长像件瓷器一般洗干净，新衣服也送来了。穿衣的时候，我们遇到了今天以来最大的困难。新衣服不像旧衣服，可以一毁了事，必得整整齐齐妥妥帖帖套在死人身上。人又不是木板，你说怎么穿？

裤子还好说，我们搬起他的腿，托着他的腰，费了九牛二虎之力，总算穿上了。那一叠肠子不好处理，塞不进去又不能耷拉着，大家就把地上的瓷碗又捡了起来，盖在肠子上，用绷带绑好。除了小伙子的肚子看起来有些大腹便便，基本上说得过去。

关键在上衣。好不容易穿上一只袖子，那一只无论如何也穿不上。班长的胳膊硬如铁棒，完全不会打弯。

给死人穿衣服，是不能一只袖子单穿的，必须扶他坐起来，把他的两只胳膊一齐向后伸展，就像我们平日上双杠做预备动作似的，同时往后悠，两人齐努力，衣服才能穿上。竹干事萎靡不振，声音小得像马蜂嗡嗡，幸好还清楚。

虽说我们和烈士班长相处已经有一段时间了，但一想到要扶他坐起，还是让人不寒而栗。小鹿说，我还是在前面压着他的腿吧，省得他一下坐不稳了，摔到床下。

大家都觉得她有点担子拣轻的挑的意思，可一想她最小，就拉倒了。

河莲主动说，我在后面扶着。你们给他穿衣服，动作要快点，时间长了，我可坚持不了。

竹干事有气无力地说，他怎么也是个小伙子，你是小姑娘。他的分量有你两个沉，要是撑不住了，我帮你。

河莲说，没事。万一顶不住，我就坐到水泥台子上，和他背靠背。小时候玩翻饼烙饼的游戏，都这么来着。

竹干事叹道，好样的。你这丫头有勇有谋，以后能当团长。

河莲说，团长算什么？官太小了，我起码要当到军长。

大家说着，颤颤巍巍地把班长扶坐起来。那张原本已经看熟的脸，一旦从躺着变成立着，又使人震惊一次。班长的后身，由于积血形成大片尸斑，全是怪异的深蓝色。他的手向后伸的时候，胳膊也是半只白半只青，煞是恐怖。

我们给他穿上件白色的士兵衬衣，把不祥的蓝色遮盖住，然后是绒衣和棉衣。待到一切收拾完毕，我们已累得汗流浃背。

班长重新睡下时，身着崭新的军装，除了腰带处有点窝囊，其余精干无比。但是我们在给他穿鞋子戴帽子的时候，困难重重。虽然竹干事未雨绸缪加大了尺码，但班长的头和脚都肿胀了，帽子戴不下，鞋子穿不上。

怎么办？我们只有再次请示竹干事。

用剪子。竹干事说。

剪哪儿？我们不摸底细。

剪帽子的后面和鞋的两侧，但要伪装好，让人从正面看不出来。竹干事捂着胸口，支撑着说。

我们照章办理，总算收拾就绪。现在，一个军容整齐的小伙子，微闭着眼，英俊潇洒地躺在我们面前，好似胜仗之后在树下小憩。

啊，总算干完啦！我们小声欢呼起来。当然当着烈士遗体欢呼，很不礼貌，但死亡既已无可挽回，年轻的士兵，此刻必然也满心希望以最整洁优雅的形象告别人间，大概也会原谅我们。

竹干事用眼光命令我们把白布蒙上。他认为只有和烈士隔开，我们才有权大声喧哗。我对他说，你要是不舒服，就去休息。剩下的事，我们能干。我用嘴努了努破碎的旧衣服，心想不就是抱出去烧掉吗。

竹干事说，剩下的事，你可干不了，那是我的正经项目。说完他掏出一个文件夹，摊开后说，你们谁给我找个凳子来？

烈士躺着，竹干事坐着，我们开始清点并记录军衣兜里的遗物。

钢笔一支。英雄牌，黑色老式。河莲像饭馆里跑堂的小伙计，拉长嗓门报着。

伤湿止痛膏两贴，啊，不对。是一贴半。有一面已经揭掉用了。小如轻声说，刚才我给他擦身的时候，在左膝盖看到那半贴了。想不到年纪轻轻的，就得了关节炎。

竹干事不喜欢婆婆妈妈，说，关节炎是高原病，和年纪没关系。谁都能得，比如你，比如我。接着干活吧。

小鹿高声叫起来，说，哈！你们猜我在他兜里翻出了啥？

竹干事说，大惊小怪什么？一个当兵的，能有啥？肯定没存折。

小鹿不理他，继续兴致勃勃地说，是糖啊。三块真正的水果糖，和发给我们的一模一样的水果糖。

小鹿的手心里，托着几块包着草绿色糖纸的水果糖。摩擦久了，翘起的糖纸几乎掉光，椭圆形的糖块沾着斑斑点点的绿色，好像池塘里的小乌龟。

竹干事放下笔说，这就不必记了。都是军需发的大路货，没什么特别的价值。家属也不一定需要。

看着那三块糖，我突然热泪盈眶。在这之前，我一直无法把死去的班长当成一个曾经活过的人，尽管他在我身边，我仍觉得他是幻影，一切都不真实。但这一瞬，我明白他曾是一个活生生的人，像我一样爱吃糖。我被刻骨的悲伤击中。

在高原上，凡是外出，可能遭遇种种意外。飓风、雪崩、饥饿、酷寒……要想生存下去，你必须要有热量。糖就是最好的热能，所以每逢有人走进风雪，叮嘱的最后一句话定是——你带上几块糖了吗？

糖，在某些时候，就是生命啊。

这几块糖，是班长临出发的时候，装入口袋的。哦，也许不是这一次，从糖的磨损和任务的紧急，估计是早已放在身边的陈物。糖，是高原的护身符，班长放入这糖的时候，一定是满怀生的渴望。此刻，糖仍在，生命已悄然远去。这几块糖，寄托了班长对生命的眷恋，怎能说没有特别的价值！

我对竹干事说，留着这几块糖吧。送给他的爸爸妈妈，这上面有烈士最后的手印。

竹干事说，女孩子就是事多，多愁善感。

但他还是很给我面子，在登记簿上歪歪扭扭地记下：军用水果糖三颗。

还有吗？竹干事问。

没有了。我们齐声回答。

没钱吗？竹干事追问。

没有。我们万分肯定地回答。

一分也没有吗？竹干事继续问。他倒不是不相信我们，因为事关烈士的遗产，必得一清二楚。

一分钱也没有。我们斩钉截铁地回答。河莲小声嘀咕，山上一千公里内没有人烟，哪有商店？倒是想用钱买氧气，可谁卖给你啊。

竹干事假装什么都没听见，走到破烂的碎军衣堆前，说，我还得亲自检查一遍，这是规矩。他一块块碎布细细捏着，好像哨兵在搜查敌军的情报。最后拿起一件衬衣的残骸,说这里面有个小兜,你们看了没有?

果平说,没看。那个兜有什么用?装了东西,磨得胸前痛。

竹干事冷冷地说,那是女人。男人总是把最心爱的东西,藏在这里。说着,他从衬衣的布条里,抽出一个牛皮纸信封。

我们惊骇莫名,看着竹干事打开信封,他突然扑哧一声笑了。我们这才敢围拢过去,端详信封中的东西。

一张四寸大小的彩色照片,花红柳绿一个乡下妞,露着不整齐的白牙,很忸怩地看着我们。

这是班长他姐吧?要不是他妹?可是怎么长得不大像?河莲自语着,顺手还掀开白布单,朝烈士脸上瞄了两眼。

竹干事说,你这个姑娘,一阵聪明一阵傻。有把姐妹的照片这么贴心摆着的吗?依我的经验,肯定是未婚妻。

未婚妻?我们惊叫着,又像铁桶一般围过去,火眼金睛地将那女子看了个彻底。小鹿捂着嘴说,嘻嘻,长得可真难看!

不知是乡下的摄影师水平太差,还是这女子貌不上相,反正从照片上看:眉毛粗重,鼻梁塌扁,嘴唇阔大,牙列不齐。全脸唯一可夸奖的是眼睛,大而圆,有一种猫一般的灵光。

我们之中相貌最好的小如,倒还比较宽容,说,她笑得挺开心啊。

果平说,这照相馆的手艺也太次了,把人脸涂得像猴脸。

照片原是黑白的,为了好看,那女子特地上了颜色。乡下的摄影师用水彩颜料乱涂一气，脸色赤若夕阳，红色还描到脸轮廓以外，像是打碎了的红墨水瓶，洇得到处都是。

小鹿说，我看班长挺漂亮的小伙，怎么找这么一个困难户啊？还把她当宝贝，揣在离心脏最近的地方。真是眼神不济啊！

放肆！竹干事火了，说，她是谁？你们以为是普通的乡下姑娘啊？她是烈士的心上人，是烈士的遗属。现在她还不知道班长的死讯，要是知道了，还不得哭得天昏地暗！你们拿她开心，对得起良心吗？

我们原也没想那么多，只是看着一张可笑的照片，就笑起来。女孩子总是这样的，一件并不可笑的事，只要有一个人开始笑，大家就跟着凑热闹，笑上半天。经竹干事这么一说，问题有些严重。想象那照片上的长着猫眼的姑娘，过不了多久就会悲痛欲绝，我们顿时抱愧无比，大家都低下了头。竹干事看我们蔫了，又安慰我们说，好了，总的说来，你们今天的表现还是不错。班长虽说没轮上和自己的未婚妻告别，有你们这么多姑娘给他送行，心里也该知足了。

竹干事说着，在遗物登记簿上规规矩矩地写下：亲人照片一张。他又把堆在地上的碎衣物，像捡破烂的老汉一样，根根梢梢翻了个遍，每个衣角都用大拇指和食指对着捻一回，看藏没藏着东西，直到万无一失。

好了，我们可以撤了。竹干事合上登记簿，疲惫已极地说。他把钢笔和伤湿止痛膏细致地包好，照片也用白纸夹起来。只是把军用水果糖丢在墙角，说，这个就算了吧。转送家属，吃又吃不得，留着还挺伤心，不如眼不见为净。

糖块叽里咕噜地滚着，刚开始声音很脆，好像玻璃弹球在找坑，渐渐地就不怎么响了，太平间地上积满尘土，它们保证已脏得发不出动静了。

我们缓缓地往外走，小如突然停了脚，说，竹干事，有一句话，我不知当说不当说。

快走到门前的竹干事，简短地回答，说。

小如说，竹干事，把相片还给班长吧。

我们一时没明白，但是我们马上就明白了。小如接着说，照片带回去，还给谁呢？给那个姑娘，她会难过死的。他的父母也会难过的，她本来会是他们的儿媳妇，可是以后永远不会是了。最难过的还是班长，他那么心爱的东西被拿走了，永不还他。照片被不认识的人传着看，代为保管，他会不乐意的……

我们被小如的话感动，双脚牢牢地站在地上，用这个姿势告诉竹干事，要是他不答应小如的请求，我们就不离开太平间了。

竹干事什么也没说，从纸夹里抽出红脸姑娘的照片，递到小如手里。我们一道走到白如雪峰的尸床前，小如轻轻地揭开白布。班长向上扬起的眉毛是微笑的模样，好像在睡梦中赞同我们的主张。我们轻轻地把他的衣扣解开，把照片平平整整地插进他左胸前的衬衣口袋。我看到那张照片有节奏地起伏着，班长年轻的心在托着它跳动。

我们走出太平间，好像在里面待了一百年，山川河流都有了很大的改变。天变低了，云变重了，太阳是多角形的，雪山也变黑了。竹干事冲我们扬扬细瘦的胳膊，说，再见了，女兵们。但愿有一天我阵亡的时候，还能由你们来为我换衣。

我们说，我们不给你换衣服，你还是好好活着，自己给自己换衣服吧。

回到宿舍，我们都拼命讲其他的事情，再也不提一个"死"字。

我趴在地上，从床底下翻自己的细软。找了半天，才从长筒靴后面找到我的宝贝盒。它是我求老兵用三个罐头盒子的铁皮，剪开打制而成。我专挑菠萝罐头盒，因为它的皮不仅结实耐用，而且都是金黄色的，精心砸制出来，好像纯金制成的万宝箱。我抱着它走到背人的角落，打开，里面是满满一盒军用水果糖。它们穿着草绿色的衣服，好像是饱满的小水雷。我一直想不通高原部队发的糖，为什么要是绿色的，难道糖纸也要伪装吗？如果战争打响了，你在嘴里塞进一块红糖纸的糖，就会被敌人发现，而绿糖纸就可安然无恙吗？

好了，不想这种节外生枝的问题了，正事要紧。我开始挑选水果糖。平日吃糖的时候，随便抓一块就是。但这一次，我苛刻已极。糖纸稍微有些残破的，颜色不鲜艳的，包括虽然外形完整，但由于被揉搓过，显出一副无精打采样子的水果糖，都毫不留情地淘汰。最后入选的种子选手，都像是刚从生产流水线上跳下来的产品，容光焕发。糖块像石子一样坚硬，两端拧起的糖纸，好像小姑娘的刷子辫，舒展又漂亮。

我揣着糖果，用那把锐利的钥匙开了门，再一次走进太平间。屋子里有一种新衣服浓重的桉叶味，混合着炭盆燃烧后的袅袅烟气，好像是一座被雷电击过的热带雨林。班长安详地睡着，我附在他的耳边，轻轻说，对不起啊，再打搅一次……

我把三块水果糖，小心翼翼地放在他的右裤兜里，我记得很清楚，我们正是从那个兜里取出了他的旧水果糖。我把班长的衣服重新抚平，让他睡得更舒适些，然后缓缓退出。

我感觉背后有凉风袭来。

回头一看，是竹干事。

你又来干什么？竹干事问。

我……来看看……我支吾着说。我知道像竹干事这样的老兵，将生死看得淡如烟云。把糖的事如实说出，他会笑我的。

生和死的区别，其实没有我们想象的那样大。不过是蚕蜕了一层皮。竹干事缓缓地说。

我转移话题说，那你来干什么？

竹干事说，我领着木工来装棺。

经他一说，我才看到，在不远处，一座朱红色的棺木，在几个人的肩头，宫殿一般雄伟地矗立着。

工人们开始装殓班长，棺里铺了松软的棉被。班长从水泥的台子上搬到木制的小屋，一定会感觉暖和些的。

竹干事对我说，不必遮遮掩掩，我都看到了。他以后没有机会吃糖的。

我说，才不对呢。我相信在一个春天的晚上，天上有着圆圆的月亮，班长定会和他相片上的未婚妻，在烈士陵园的台阶上相会，每人嘴里含着一块糖。

　　每月发罐头的日子，是高原的节日。大家聚在司务长的房间里，好像是赶集，七嘴八舌，议论纷纷。人们挑三拣四，乱哄哄的。军用品，质量没的说，主要是选择什么品种水果的问题。

　　有一个人专门要橘子的，一月是橘子，七月还是橘子。据说他领的罐头从来不吃，都堆在床底下精心保管着。用木板垫起一个架子，罐头像商店陈列的货物，摆得整整齐齐。罐头上还罩着报纸，防着扫地泼水的时候，水珠溅到罐头，铁皮就锈了。大家私下笑话他：这人已经把一棵橘子树的收成，都藏到自己铺板底下啦！后来听说他是准备探家的时候，把橘子罐头都装在麻袋里背回家，让从来没吃过橘子的父母，尝尝南国水果的滋味，人们就不好意思再议论他了。

　　罐头后来有了一市斤和一公斤两种包装，就是一种小筒一种大筒。一般的人都喜欢要大筒的，因为吃起来痛快淋漓，解馋顶饿。再说开罐头的时候方便些，一次解决。要是弄个小筒的，得多费一倍的力气。有个叫小叶的人，偏偏反其道而行之，每次专要小筒。世上的事就是奇怪，大家都不要小筒的时候，司务长巴不得把小筒罐头早点推出去。小叶指名道姓地要小筒，司务长又烦了，说小叶你事真多，大筒小筒还不都是一样吃，到了肚子里一样都化成屎，你不嫌烦我还嫌乱呢！

小叶一点也不着急，笑嘻嘻地回敬道，那可不一样。吃豆子拉的是臭的；吃菜拉的是绿的；吃了司务长发的水果罐头，打的嗝都又甜又香。

司务长就笑了，说小叶你是属救火队的，叫人发不起火。你可知道，这次来的小筒罐头箱都压在大箱底下，搬动一场，肺里有进的气没出的气，累得真魂出窍，我不给你当搬运工。真想要小筒，自己动手，丰衣足食吧。

小叶说，我是真想要。可你这儿是"仓库重地，闲人免进"，就不怕我顺手牵羊，多拿了几筒走？

司务长说，你不是闲人，是苦力的干活。不过你这么一说，倒是提醒了我，你等大家都领完了罐头，再来忙活你的这点私事吧。一来你可避嫌，二来我也好给你搭把手。

正好我也在一旁，就说，到时候我来帮忙。

大家就说有人愿意义务劳动，好啊好啊。其实我心里想的是，库房是个神秘的地方，我倒要看看藏着什么宝贝。

大家领完罐头，已是傍晚时分。吃了晚饭，天就黑透了。小叶叫我去帮忙，库房里黑黢黢的，好像一个阴森的山洞。我嘟囔着说，库房为什么不安个电灯呢？现在我每一个寒毛孔，都充满做贼的感觉。

也不是打仗需要弹药，谁没事半夜三更时分到库房瞎翻腾？都是小叶这个倒霉鬼，搅得我们不得安宁。司务长手托一支蜡烛，在一垛罐头箱子后面闪出来，愤愤地说。跳跃的烛光从他的右下颌向左上眉弓闪去，使他那张在白天看来还挺中看的脸庞，顿生凶狠之色。

小叶说，谢谢你啦，我代表家乡的父老乡亲们谢谢你啦。

司务长说，小叶你别扯得那么远，你老家的人认得我是谁？闲话少说，开始干活吧。

所谓干活，就是把顶端的罐头箱子搬下来，垛在一旁，慢慢地寻找不知隐藏在哪里的小筒罐头箱。箱子的外表都是一样的，只是标签不同。我们搬了一箱，用烛光一照，不是，只得把它摆在旁边。又搬了一箱，拿烛光来照，还不是，只好又摆在一边。本来搬几个箱子，对司务长和小叶这样年纪的男子汉来说，不是什么了不起的活，但高原这个阴险的魔术师，在人们不知不觉当中，把大家的力气溶解在空气中了。过了没一会儿，他俩就像八十岁的老翁，喘个不停。

司务长鼻孔喷着白气说，小叶，这是何苦？想体验码头扛大个儿的滋味？

小叶说，不好意思，小筒罐头，显得筒子多一些，分的时候好办些。

我听不懂他的话，说，小叶你到底什么意思？解释解释。

小叶说，我的罐头要带回老家，亲戚朋友多，姑姑舅舅大姨大妈表婶叔伯哥哥……全村人都沾亲。咱从这么远的地方回去，大伙都来看我，拿什么招待呢？罐头是个新鲜物，我就每户送上一筒。僧多粥少。也许不该把亲戚叫"僧"，反正就那个意思，嘴多罐头少，要是大筒的就分不过来了，所以……

司务长打断小叶的话说，你就甭"所以"了，我明白啦。休息过来了没有？开始干活吧。

我也开始给他们打下手，终于像挖煤工人一样，在层层叠叠的罐头箱子下面，掘到了一箱标有"每听500克装"的罐头。大家那个高兴啊，就像盗墓贼发现了皇帝的玉玺。司务长用钳子扭开绑箱子的铁丝铁钉，嗙地将木板打开，一筒筒雪亮的罐头暴露在烛光下，圆圆的锡铁盖子好像大号勋章，朦胧地反射着一朵朵浅红色的烛火。

司务长用调兵遣将的口气说，拿你的吧。

小叶欣喜地打量着整箱的罐头，好像那都是他的财产。要知道平常的日子里，你该领几筒，司务长就给你拿出几筒，从未让人如此一饱眼福。现在虽然明知这许多罐头并不是都属于自己，看着也高兴。瞅了半天，小叶指着一筒胖胖的罐头说，我就要那筒了。

司务长脸上显出很怪异的神情，说，满满一箱罐头任你挑，你为什么偏要那筒？

小叶费力地把那筒胖罐头从挤得紧紧的箱子里取出，说，满满一箱罐头，我为什么偏偏不能要这筒呢？

我也觉得很纳闷，特别认真地听他们对话。

司务长说，你哪筒都能拿，就是不能拿这筒。

小叶的犟脾气上来了，说，我哪筒都不要，就是要拿这筒。

司务长说，我是管发放军用物资的，没有我的批准，你想拿也拿不走。

小叶一看司务长用职务来压他，正着说是说不过了，反唇相讥道，莫非是司务长看着这筒罐头格外饱满，要利用职权，专门留给自己吃啦？

我想司务长一定会反驳的，没想到他笑着说，你说得对。我就是要利用一次职权，把这筒罐头留给自己。而且还特地邀请你和我一道品尝这筒罐头。

我们都不知司务长的确切意思，只见他抽出一把开罐头的专用刀，刚要戳进胖罐头亮闪闪的鼓肚子，突然又停了手，对小叶说，你把它放在自己耳朵边，摇一摇，它就有话对你说。

罐头会说话？我和小叶吃了一惊。小叶按着司务长说的，把罐头凑在耳边晃了晃。我也赶过去凑热闹，小叶就把罐头递给我。我用力把胖罐头颠来倒去，侧耳细听。它咕嘤着，好像一个不会游泳的胖子，被人开玩笑扔进深潭，套着救生圈，竭力挣扎。

小叶说，这罐头要是一个人，会被你折腾出脑震荡。

司务长问，听到罐头对你说的话了吗？

我叹了口气说，没听到。

司务长不急也不恼说，没听到不要紧，你还可以敲敲它的肚皮，它很诚实，会把刚才对你说过的话，再重复一遍。

这一次，我抢在小叶前面，用手指猛力弹胖罐头。它气愤地发出空空洞洞的回音，好像是一个老爷爷被打断了午睡，气得直咳嗽。

我做了一个鬼脸。小叶不理睬，面带思索之色，好像胖罐头真把什么绝密的情报，透露给他了。

司务长对着不开窍的我说，看你这样子，只有让胖罐头自己坦白交代，你才会明白啊。

他说着，果断地用罐头刀扎了下去……只听噗的一声响，那动静不像是刺一个没有生命的物体，倒像是宰了一头肥猪。随之一股恶臭从胖罐头的裂口处，喷涌而出，蜡烛光都被呛了一个跟头，险些熄灭。那股黑色的气体在仓库内久久盘旋，好像放了一颗催泪弹，我们的眼睛被熏得都眯起来。

我说，啊呀，罐头里面藏着一个妖怪？

司务长说，你过来一看，就明白啦！

我躲得远远的，说，不看不看。瞧这味，像进了公共厕所。再到跟前看，胃就得来一个反向运动了。

那时候我们的卫生课刚刚讲到消化器官，正向运动是从口腔到肠胃，反向运动就可想而知了。

小叶比我坚强得多，一声不响地走过去，头俯在那筒胖罐头跟前。

正确地讲，那筒罐头现在已经不胖了，垂头丧气地蹲在那里，好像一个饿瘪了的囚徒。我听到小叶喃喃地说……果肉都变成黑色的了……有气体……黄色马口铁的镀膜也脱落了……

司务长连连夸奖说，小叶你观察得很仔细，对，就是这几个特征。

我还不明白，愣愣地问，我听这些话，好像是在描绘一个病人。

司务长说，正是啊！这种胖罐头，按我们军需的行话就叫"胖听"，是罐头中的次品，也就相当于病人了。因为制作或是运输中的问题，密封的罐头里面发生了污染，无所不在的细菌大肆繁殖。罐头腐败了，细菌产气，就把罐头的铁皮顶得膨胀起来，变成大胖子。它完全丧失了食用的价值，吃了拉肚子是轻的，碰上肉毒菌，小命就呜呼了。平时我发罐头之前，都要仔细检查，像查特务一般把它们严格挑出来，怕坏了大家的健康。今儿个咱们是到库房里直接取货，你们好眼福啊，看到了平常无缘一见的胖听……

小叶不好意思地说，多谢司务长，今天长了见识。本来我以为胖听比别的罐头更鼓，以为里面装的货色特别多，想让家乡的人多尝尝。司务长，顶撞了，多包涵。

司务长说，甭客气啦。快领了你的小罐头走吧。

说着，司务长亲自动手，把一堆身材苗条的罐头，推到小叶手里。小叶数了一下，说，司务长，你给我发多了。

司务长说，这不是骂我吗？我做了多少年的军需，连数都不认？不会多的。快拿着走吧。

小叶说，司务长，你再数一遍。我可不愿多吃多占。

司务长说，小叶，我把我这个月的那份也给你了。谁叫你有那么多的倒霉亲戚呢！

　　因为没有鲜菜鲜果，昆仑山上就多干菜干果。干菜实在是一种对菜的亵渎，犹如少女和老妪的区别。吃干菜的时候，有一种嚼线装书的感觉。

　　干果包括花生、核桃、葡萄干儿之类。司务长拆开一个麻袋，用手指捻着说："这拨花生米好，山东的，大，油多。"其实，大而油多的花生米并不好吃，倒是四川花生米，虽小却有嚼头。司务长用空罐头盒子做容器给大伙儿发花生米，官兵平等；葡萄干儿要算比较珍贵的吃食了，司务长就换个小号搪瓷缸子给大伙儿分；轮到分核桃的时候，就比较粗放了，司务长两手合围，一挖一捧，有多少算多少，倒你脸盆里算完事。

　　当兵的人没家伙装，领东西时都拎脸盆。这样五花八门的吃食拌在一起，一副丰衣足食的样子。喜滋滋地往宿舍走，由于大小不等，到家时，个大的便被颠簸到脸盆上头，猛一看，好像发了满满一脸盆核桃似的。

核桃听说是山西产的，个大，皮也厚。我们没有锤子砸核桃，因为山下从来没给我们运来过锤子。女兵们劲儿小，只好用门来挤核桃。"咔喇喇"——核桃仁儿碾出来了。

核桃太像人的脑子，中间有隔，恰似人的大脑两半球。完整的核桃仁儿，也像人的脑叶似的，有许多智慧的沟回。

"姑娘们，莫用门扇挤核桃了，门框快散了，夜里狼就进来了。"司务长说。

我们不再用门挤核桃，不是因为怕狼，昆仑山太冷了，狼都不在这里安家。是因为生核桃不好吃。也许是因为缺氧，生核桃吃多了，头便发晕，眼前发蓝。

"要是能炒熟吃就好了。" 18岁见多识广的女兵说。

没有锅，我们就把整个的核桃扔到炉膛里烧。高原上烧的是焦炭，柿子红色的火焰像红缨枪似的抖动着。核桃丢进去，在极短的时间内还保持着自己黑黢黢的本色，不一会儿便冒起青烟，"噗"地裂出一道金黄色的火苗。火苗迅速蔓延，核桃就像一只充满了油脂的小刺猬，在炉膛的红炭上滚动。待核桃像一颗小太阳，通体成为亮红色时，就要手疾眼快地将它铲出，晚了就煳了。丢在地上的核桃还会继续燃烧，要迅速地吹灭它身上的明火。这时，就有撩人胃口的香味在屋内弥漫开来。

我们屋里的地是泥巴垫的，同屋外的亘古冰雪荒原相连。色泽逐渐暗淡下去的核桃被地气一激，犹如迎头泼了一瓢冷水，噼里啪啦地爆裂起来，焦黄的核桃仁儿就像棉桃似的绽了出来。趁热将略带烟火色的核桃仁儿放进嘴里，听见它们将口水炙得吱吱作响，有滚滚的蒸汽在口中蒸腾。不一会儿，我们便个个吃得口角发黑。

烧核桃吃得多了，有人提议要吃炒核桃仁儿。这就又需要砸壳取仁儿。这回不必破坏公物了，炊事员张大个，手掌大得像锅盖，手心捏两个核桃，上下嘴唇一抿，"咔吧吧" ——核桃壳就像玻璃似的碎了。他把核桃仁很仔细地摆在一张干净纸上，递给我们。

我们快活地围向炉火，紧接着的实际问题是没有炒锅。18岁的女兵又显神通了，她把铲焦炭的铁锨头卸下来，用雪水拭净了，翘在炉火上。这个简易炒锅像个畚箕，一端敞，一端凹，核桃仁儿便不安分地在低洼处扎堆，我们便用筷子赶紧拨拉。核桃仁儿还没熟，筷子尖已经黑了。

垂涎已久的炒核桃仁儿出锅了，正确地讲，是出铲了。费了这么大劲儿，味道却并不见得怎么好吃，煳的煳，生的生，烟熏火燎的大家叨了几口，正不知如何处理这堆黑不溜秋的货色时，突然有人砰砰敲门。张大个局促地走进来，手里捧着一些核桃仁儿碎屑送给我们，说是刚才匆忙之中没剔干净，这是又用针细细挑出来的。

"唉呀呀！费那事呢，又不是值钱的东西！这一大堆核桃仁儿还不知道怎么吃呢，怎么又送来了！你愿意吃就都拿走，不愿意吃就都扔了吧！"我们七嘴八舌地说。

张大个很珍贵地把生熟两份核桃拢在一处，说："多好的东西，怎么能扔了呢！我们老家那个地方不出核桃，都没见过这玩意儿呢！"

"那我们以后发了核桃都给你，你探家时带回去吧！"18岁的女兵说。

我们都赞同地点点头。

张大个探家的时候，拎了一个大帆布提包。往长途车上一撂，包里哗啦啦发出类似鹅卵石撞击的声音。

后来，张大个回来了。女兵们问他："你老家的人说核桃好吃吗？"

"好吃。"张大个拍着锅盖大的巴掌说，"俺爹说，闹了半天，昆仑山那里出核桃哇！真是个好地方。"

# 昆仑之吃

谈吃的文章，多半是讲某时某地有某种特殊的吃食或吃法，但我要说的昆仑山之吃，却是普通的东西，普通的吃法，只因了海拔高的缘故，那留在记忆中的味道，便永生永世找不到伴侣。

如果把高原比作世界屋脊，我们所在的地方就要算屋顶上吻螭所处的位置，奇异而险峻。从山底下运来的蔬菜，被冰雪冻得像翡翠雕成的艺术品，用手指一碰，发出玻璃一样清脆的声响。给养部门在进行了若干次不成功的尝试之后，终于放弃了给我们运输鲜菜的打算，从此，我们天长日久地与脱水菜为友，别无选择。

脱水菜无以辩驳地证明了一个真理：有些东西失去了便永远不能挽回。脱水菜失去的是普普通通的水分，但你无论再给它多么充足的水，它都不能再恢复到原来的性状，依旧像柴火一样干涩难咽。

最常用的食谱是脱水菜炒肉。平心而论，60年代末70年代初期，全国副食供应匮乏，但昆仑山上的肉食始终很充足。雪白的猪皮上扣着紫蓝色的徽章，标明产地。记得有一次，炊事班长一菜勺把一块紫色肉皮盛到我碗里，那戳证是紫药水打上的，可以食用；虽然煎炒，仍是鲜艳灼目。我仔细端详了一下，认出"郑州"两个字，一张嘴，就把河南的省会咽到肚子里去了。以后记得还吃过几座城市，比如四川的绵阳、河北的石家庄。

山上也养猪，刚开始是从山下运上来崽猪。猪崽的高原反应比人还严重，它们又不懂事，身上难受，不像人似的知道安静卧床，反倒乱蹦乱跳，很快就口吐血沫，患高山肺水肿死去了。炊事班长每天看着沺水白白扔掉，心疼得不行，立志要在高原上养猪成功。后来，他托人从国境线那边换回来一头小猪崽，据说是印度种，山地适应性极好。小猪刚断奶，不爱吃食，他就冲奶粉喂猪。顺便说一句，山上那时奶粉很多，从农村入伍的战士都不爱喝，说没有苞米面糊糊好喝，便眼睁睁地看着奶粉过期。印度猪很适应高原气候，很快长成一头大猪。山上气候恶劣，人们食欲很差，剩饭剩菜多，印度猪最后肥得肚皮耷拉下来擦着地，皮都磨破了。炊事班长便把它赶到卫生科的外科治疗室，叫护士给猪包扎一下伤口。猪便拖着缠着白纱布的肚子，在营区内悠闲地散步。

炊事班长对印度猪这么有感情，我们猜他一定舍不得杀它。"八一"节的前一天，炊事班长却手起刀落，飞快地把印度猪给宰了。

大家都问炊事班长怎么舍得，炊事班长奇怪地反问大家："养猪不就是为了吃肉吗！"大家都说可惜了可惜了，昆仑山上见个活物不容易，有一头猪每天在外面走一走，也能叫人生出许多感想，怎么就杀了呢！过了"八一"节，大家又都说印度猪的肉不好吃，说从小喝牛奶的猪的肉没有在农村里吃糠长大的猪的肉味道好。这头普通的来自印度的黑猪，无论它活着还是死后，都使许多年轻的中国士兵想起平原，想起遥远的家乡。

营区附近有一条河，河深丈许，清澈见底。它是著名的印度河的上游，有一个美丽的名字——狮泉河，不知道是指狮子像泉水一样地跑过来，还是泉水像狮子一样地跑过去。总之这两种意境都美丽而雄奇，让人联想到洁白奔涌的景色。狮泉河使我怀疑一句古老的哲语：水至清则无鱼。狮泉河是高原万古寒冰所融的积水汇合而成，清洌得如同水晶，鱼群繁茂得如同秋天树叶飘落在马路上，有时一片河水被鱼背映得发黑。据老同志说，以前鱼群比这还要兴盛。汽车沿着河水浅的地方开过去，车轮碾过，便有两道宽宽的鱼带浮起，车辙由碾死的鱼标出。轮到我们戍边的时候，鱼已经没有那么多了，但依然稠密而愚笨。用曲别针弯个鱼钩，再挂一块生肉，甩进河里，不消片刻，鱼就上钩了。

藏北的鱼不知归于哪一属哪一科目，色黑亮如柏油，肉雪白若膏脂。但不知道是高原上人的胃口差，还是这鱼本身的问题，大家都不爱吃鱼。星期天的早晨，常有人披着军大衣在狮泉河畔垂钓。钓到了，便把那挣扎着的鱼从曲别针上摘下来，重新丢入沸沸扬扬滚动着的河水中。许多年后，听一位去过西方的朋友讲，那里的文明人类活得多么潇洒，常常把钓到的鱼再甩回湖里。钓鱼不是为了吃，而是为了消遣。我想早在很多年前，因为寂寞，我们也曾达到过这种境界，原来也曾潇洒过一回。

但是，在高原上必须吃。吃了才有体力，才能在高原上屹立下去。我们的国家很穷，我们不是凭着强大的国力威慑住想要改变国界的邻国，而是凭着人——敢在难以生存的险恶之中生存，来证明我们捍卫这块领土的决心。这便有了几分悲壮几分苍凉。我们这些边防军，是活的界碑，把身体养得强壮，便有了非同寻常的意义。

总后勤部给我们发了"六合维生素"，就是把六种维生素混合在一起压成片剂，每一片都光滑得像子弹。每天我们都一大把一大把地吞药，仿佛病入膏肓的老人。维生素到底有多大的效力，我不敢妄下结论，只知道在吃着维生素的同时，我们指甲凹陷、齿龈出血、口腔溃疡、头发脱落……对于人，最重要的是空气。因为氧气不足而出现的这一系列麻烦，只有用一分钱都不值的空气才能治疗。可惜，空气在高原是定量的。

为了保证大家吃好，挑选炊事班长的严格不亚于挑选一位军事指挥员：要能吃苦，会动脑筋，还需手巧。

我们的炊事班长是甘肃人，方头，两只眼睛的距离很远，身材高大。当我后来看到挖掘出来的秦始皇兵马俑时，自觉得为炊事班长找到了祖先。

炊事班长扛大米，嘿哟哟，一次能扛两麻袋。一袋100斤，在高原上扛两袋，简直是找死，可他脸不变色心不跳。炊事班长摇压面机，别人两个人握着摇柄，慢慢地悠着劲转，高原偷走了小伙子们的力气，把他们变成举止迟缓的老翁；炊事班长却把机器摇得像一架飞速旋转的风车，面剂子便像瀑布似的垂涌下来。

炊事班长也很会动脑筋，用高压锅蒸馒头，要先在屉上刷一层油，这样才不粘锅。炊事班长会把蒸锅内的水添得恰到好处，会把四个眼的汽油灶烧得恰到好处，两个恰到好处凑在一处，馒头熟了，水熬干了，高压锅残存的余热，将馒头底子煎得焦黄油润，仿佛北京"都一处"的锅贴儿。

这项操作是炊事班长的专利，有不服气的炊事员想试一试，结果是差点使高压锅像一颗鱼雷似的爆炸。

但炊事班长也有失算的时候。有一次，早上喝藕粉，昆仑山太阳出得晚，做饭时还得点上煤油灯。炊事班长一手持灯，一手掌勺，灯火将他的半边身体映得通红，另半边身体却还隐没在黑暗之中。他一俯一仰地围着锅台忙碌，将表层的藕粉汤舀出来，撇进泔水桶里。我看到炊事班长奇怪的举动，问他这是在做什么？他长叹了一口气说："藕粉的成色是越来越不行了，看，这里混进了多少草梗儿！"我凑近那灯光，看清漂浮在藕粉中的一小朵一小朵金黄的桂花。原来这是新运上来的桂花藕粉，生在黄土高坡的炊事班长从没见过这种精致的花朵，便以为是异物。

高原上气压低，水不到80摄氏度就开，火候很难掌握。即使是炊事班长挂帅，也常有误饭的事情发生。所以，开不开饭，并不是以号声为准，而是看炊事班长的眼色行事。每天到了开饭的时间，大家便排着队走到饭厅前，立定，开始唱歌。唱毛主席语录歌，唱《我是一个兵》等。通常是三五首歌后，系着白围裙的炊事班长从灶房里钻出来，梧桐叶子一般大的手掌一挥，就解散开饭，大家作鸟兽散了。有一回，不知是出了什么纰漏，我们整整齐齐地列队唱歌，唱了一首又一首，过了半个多小时，还不见炊事班长出来挥舞他那梧桐叶子般的大手，大伙儿都饿得有气无力了。

负责起歌的是一个四川籍的小个子兵，他终于卡了壳，再也想不出有什么歌可唱了；说没有歌了，咱们就这么干站着等着吃饭吧！大家说你就随便起个歌吧，不是有那么多革命样板戏唱段吗？你起个头，我们一齐跟你唱就是了。小个子兵抖抖嗓子，大声领唱了一句："想那当初，老子的队伍才开张……"

革命样板戏的反复灌输，使我们对每一段唱腔都倒背如流。大家一听到这熟悉的曲调，不假思索地异口同声地随着他引吭高歌起来。于是，样板戏的唱段就在冰峰雪岭之间回荡缭绕。

炊事班长像失火一样地从灶房里跑出来，大手刀剁斧劈般地往下砍，大吼了一声："唱什么唱！开饭啦！"

直到这时，许多人还没意识到大家齐声合唱了一段反面人物的唱腔。饥饿终究是世界上最有权威的君王，大家一哄而散了。

后来，听说领导要追查小个子兵的责任。炊事班长晃着眼睛间距很宽的方脑袋说，那天的责任全在他。因为，饭开晚了，小个子兵饿糊涂了，完全是浑唱。

因为炊事班长很有人缘，事情就不了了之了。

每天吃中午饭的时候，"解散"的口令一下，最先冲进饭厅的一定是河南兵，像杀敌一样英勇。

河南人大概是最爱吃面食的人。100斤面粉比100斤大米要更占地方，运输部队便运来大量的米和少量的面。只有每天早餐恒定是吃馒头，晚上有时吃面条，其余的空白便均由大米来充填。炊事班长在农村是挨过饿的人，最怕做的饭不够大家吃，早上的馒头便总有富余，剩下的中午热了再吃。河南兵就是冲这几个剩馒头去的。炊事班长是个很讲"不患寡而患不均"的人，他觉得馒头总让这几个河南兵抢走了，就是对别人的不公；他没有办法阻止河南兵抢馒头，但他有权利使点小计谋让河南兵们的努力失败。米饭是一屉一屉蒸的，他把那几个馒头神出鬼没地分散在各个屉里，这样晚到的人也可以在最后一屉的角落里突然发现一个馒头。有一次，真不巧，河南兵因为找不到馒头，只得悻悻地填饱了米饭离开饭厅，馒头突然出现时，在场的人又恰好都是爱吃米饭的。宝贵的馒头反而像大海中的岛屿一样，孤零零地剩在空屉里了。大家埋怨炊事班长，炊事班长胸有成竹地将剩馒头收起来。晚饭的时候，他把馒头端端地摆在最高一屉。河南兵对馒头的热爱是经得住考验的，他们热烈地欢呼，把剩了两顿的馒头狼吞虎咽地吃光了。

记忆的冰川在岁月的侵蚀下，渐渐地崩塌消融；保持着最初的晶莹的往事，已经越来越稀少。炊事班长、四川兵、河南兵们的名字，被我在遥远的人生旅途中遗失，也许永远找不到了。但这些与昆仑之吃有关的片段，却像狮泉河底的卵石，圆润可爱，常常带着高原凛冽的寒气，走入我的月夜。

我已经近二十年没有吃到脱水菜了，有时候还真想再吃一次。

"喝"这个字好像被酒给垄断了。只要说到喝，后面就拖着长长的酒尾巴。

其实，凡是液体入喉，就算做喝。人一生最大量最平凡的是喝水（听说澳大利亚那个地方富裕得把牛奶当水喝，不在此列）。因为太普通，喝水就成了不值一提的俗事。

但若到了奇特的地方，简单的事变得复杂，又可以说一说了。

喀喇昆仑山、冈底斯山、喜马拉雅山三头银色公牛抵犄角的角斗场，海拔平均在五六千米以上。人们常把青藏高原比做世界屋脊，那这儿就要算屋檐上系风铃的地方了。

我们一年到头穿着厚厚的棉衣，像一堆松软的面包。缺氧使大伙儿干什么都无精打采，高原像小偷盗走了大伙儿青春的力气。更古怪的是锅里的水不到100摄氏度就沸腾，没有切身体会的人，不知道它的玄妙。

我第一次明了它的确切含义，是看到一个女孩子把滚开的水往脚上浇，她在洗脚。我想她的皮还不得跟煺鸡毛似的脱下一块来？没想到她惬意地甩着水，连说"舒服舒服，你也来试试"。那水其实只有60摄氏度，虽说开得哗哗响，并无平原上沸水的杀伤力。盛名之下，其实难副。

我们每天喝的就是这种60摄氏度的开水。为了节省焦炭（运到山上的焦炭比上好的白面还贵得多呢），由食堂统一烧。吃罢晚饭，大师傅用炊帚把刚炒过菜的大铁锅胡乱刷刷，哗哗倒进几大桶雪，烧开水的漫长过程就开始了。他总不乐意把锅刷干净，因为小时候家穷，有油星的锅是富足的表现，留着下顿饭接着滋润。

人们提着暖壶，拎着水舀子，麇集灶边。袅袅的水汽从裂了缝的木锅盖升起，好像有一大炷香在锅内燃烧。

需要耐心地等待，这个过程大约40分钟。你不可走远，因为水不多，抢不到水，你就会成为一晚上的"撒哈拉大沙漠"。水舀子也很重要，像古时做官的印玺，要牢牢掌握在自己人手里。假如水开了，你有壶没有舀水的家伙，岂不急杀人！又不能随便拿个茶缸就伸进锅里舀水（你就是把杯子洗了又洗也不成，这就是昆仑山的规矩）。水舀子就那么一两个，有数的，这个人用完了给下个人用，好像火炬传递。你要是灌满了自己的暖壶，不把水舀子给紧靠在自己身后排队的人，而是遥相呼应，给了远处跟自家亲近的人，叫他先打上了水，大家嘴上不说什么，心里也很鄙视你。就跟今日的以权谋私裙带风任人唯亲似的。

水好像不是被灶下的火焰而是被人们焦灼的目光烧开了，那情形像有一条小鱼在锅底渐渐长大。先是搅起轻轻的涟漪，迅即膨胀，直到用尾巴砸出大朵浪花，高原上的水烧开了。

这个过程不能掀起盖子看，一看三不开。常有性子急的人说，怎么还不开？不待别人阻拦，呼地把大木头锅盖掀开了。汪着油花的水面像巨大的眸子，凝然不动。他叹了口气，重把锅盖像被子似的给水捂严。要等片刻，才会有柔弱的水汽再度溢出。水叫人看了这么一回，就给你推迟两分钟开。要是哪个晚上多碰上几个这样的弟兄，开水就会怠工许久。

其实，先舀到开水的人不上算，浮油都被灌进暖瓶里了。这种水在瓶胆里一捂，会泛出熬萝卜般的熏臭，与沏茶极不相宜。

于是，要喝茶就自己煮。高原上的人都有硕大的搪瓷缸子，其规模相当于五磅暖瓶的下半截。抓把茶叶扔进缸子里，炖在火炉上，像熬中药似的焖着。高原上的火因为缺氧，永无热情奔放的时候，总是阴险地沉默着，一副紫蓝色忧郁的脸膛。

高原上的人爱饮浓浓的砖茶。从医学的角度看，老茶叶里茶碱含量高，对人的心脏和呼吸系统有良好的兴奋作用，可以帮助适应缺氧，这是人们喜爱它的主要原因。倘若换了鲜鲜嫩嫩的龙井毛尖，只怕在如此的煎熬下顿失颜色。

高原上的人也喝酒。到藏族老乡家串门，主人总要敬上青稞酒。青稞酒基本上是无色透明的，并不是想象中的淡绿色。初入口时微甜，像醪糟，但不可小看。据行家们说，这酒后劲儿大，上头。藏胞淳朴，斟满的银碗高举过头，目光炯炯地注视着你，由不得你不喝。于是一仰脖，很豪爽地把一杯酒饮净，自觉尽到了心意，把银碗端端正正地放下。

没想到主人以迅雷不及掩耳之势斟满第二杯青稞酒，依样画葫芦，又敬了上来。记得行家们的嘱托，不敢再饮。但主人执意要敬，推推拉拉，大家像在练太极功夫，好不热闹。

后来听翻译说，倒是我错了，若不打算喝了，就在碗底留点酒，主人知道你已尽兴，就随你的意了。像我这样一饮而尽，把酒碗舔个精光，就是好汉一条豪饮一番的表示了……

原来是这样！

工作部门里也喝酒。都是年轻人，逢年过节时，每十人算一席。每席一瓶白酒，多为西凤酒；一瓶果酒，多为樱桃酒。多少年来，这两个品牌永不变换。我想一定是某年某月商店里盲目购货，压在库里。于是，年复一年节复一节地总用老面孔犒劳我们。

女孩子们一桌，望着这两瓶液体不知如何是好。西凤为中国十大名酒之一，想来性烈，是断乎不敢喝的；樱桃酒呢？儿时唱过："樱桃好吃树难栽。"心想由那么难成活的树长出的美丽的果子酿造出的酒，准是好喝的。于是，我们每人斟了一茶缸底子，黑乎乎的，像是止咳糖浆。我至今不知那酒是多少度数，喝到肚子里的也只有一墨水瓶那么多（你想啊，十个人分一瓶酒，一个人会有多少？太多了不是多吃多占了吗）。但10分钟后，我就觉得眼前的桌子和人都奇怪地漂浮起来，好像脚下是一片水……

我不知道这叫不叫醉酒，只是我从此以后，再也不敢去试任何一种含有酒精的"饮料"了。我的家族是不善饮酒的，我父亲曾说过我弟弟，喝一口酒连脚指甲都会红。弟弟在场面上练了多年还毫无长进，我等就死了这条心吧。

剩下孤零零的一瓶西凤酒。怎么办呢？

"找他们男孩子们换一盘菜来吃！"不知谁提议，众人皆赞成。于是，公推一位伶牙俐齿的姐妹到邻桌去交涉，大家就眼巴巴地等着。

片刻之后，使节归来，手里仍是拎着满满的酒瓶。"吓！他们还不换？一瓶西凤酒多少钱？一个菜才多少钱？再说平常喝得上酒吗？他们不换可是太傻了。没想到男子汉还这么抠门儿！"女孩子们大叫。

使节忙说："不是的！不是的！他们看见酒，眼睛都瞪得像瓶底一样圆。只是我看他们的菜都快吃光了，换了咱就不值了，所以，完璧归赵。"

原来，小气的是我们不是他们！只是这原封未动的一瓶烈酒，女孩子们留着又有何用？随着时间一分分地流逝，邻桌碟子里的货色越来越少，假如不贸易，我们的逆差就越来越大。

我们气愤地盯着男子汉风卷残云般地吃菜，心痛得厉害，觉得他们是把原属于我们的东西给霸占了。

"我看见他们桌子上的香蕉罐头还没有动，你们看合不合算?"使节的大眼睛除了水灵灵的好看，还真侦察到情况。

男子汉们多是西北一带人氏，对香蕉这类亚热带水果，抱半信半疑的敷衍态度。况且剥了皮的弯弯蕉体泡在浑黄的液体里，形象也不雅。

"不值! 不值!"我们说。

可惜时不我待，女孩子们用眼睛的余光瞟着，各桌上的残羹剩饮越来越单薄了。

"换啦!"我们悲壮地说。我们每人分吃了半截香蕉（没多少，不够一人一个）。又喝了浑黄色的罐头汤，觉得还不错，起码比辣乎乎呛人的白酒好多了。

下一个节日又像候鸟似的降临。

"嘿! 女娃子们! 我们用香蕉罐头换你们的酒!"刚开席，就有男子汉找上门来，商讨以物易物。

"好嘞! 换啦!"我们快活地答应，为早早打发掉那透明的液体而庆幸。

"喂! 我们来换酒……"又有几个小伙子摇着罐头瓶造访。

"晚啦! 晚啦! 谁叫你们现在才来!"女孩子们幸灾乐祸地指责后来者，自己也有点后悔，想不到贸易形势这么好，刚才应该要个高价，一瓶酒换两瓶香蕉罐头的。

亏了！亏了！下次要沉着点，待价而沽。我们互相眨着眼睛。

真糟糕！小伙子们懊丧地搔着后脑勺，只好打道回府。

"哎！把你们的香蕉罐头拿走啊！"我们指着他们遗留下的罐头瓶子，大声叫喊。

"罐头吗？既然你们爱吃，我们就不要了！"他们头也不回地说。

男孩子和女孩子就是不一样啊！

从此，每一次会餐，我们总是随随便便地把西凤酒送给任何一个邻桌的小伙子们。从此，每一次会餐，我们女孩子的桌子上都有许多瓶香蕉罐头。

记得有一次，居然我们每个人都平均得到了一瓶香蕉罐头。那一天的会餐，好像成了会香蕉。

我们举着浑黄的罐头汤，豪爽地干杯，把罐头瓶碰得叮当乱响，喝了个一醉方休。

葵花之最

昆仑山其实只有一个季节——冬天，春节过后那段漫长而寒冷的日子被称为春天，这是我们这帮小女兵从平原家中带来的习惯。

快到五一节了，冰封的道路渐渐开通，春节慰问品运到了。五颜六色来自五湖四海的慰问袋最受欢迎。小伙子们希望从绣着花的漂亮布袋里，摸出一双精致的鞋垫，做一个浪漫的梦；姑娘们没有这份心思，只想找点稀罕的吃食，打打牙祭。整整一个冬天，除了脱水菜和军用罐头，没有见过绿色。可惜，关山重重，山路迢迢，花生走了油，瓜子变哈喇，沙枣颠成粉末，面粉烙的小馃子像出土文物……

突然闻到一股奇异的清香。

那是一个绣着黄色"八一"和红色五星的小白口袋。针脚毛茸茸的，绣活儿手艺不高，想必出自一个笨手笨脚的胖姑娘。

打开一看，是一袋葵花子。颗颗像小炮弹一样结实，饱满得可爱。我们每人抢了一把，一尝，竟是生的。葵花子中埋着一封信：

"敬爱的解放军叔叔们……"

信是从广东省湛江市第二小学发出的。

我们趴在地图上找。嗯，湛江，好远！那里是亚热带，一个很热的地方。

孩子们请求解放军叔叔们，把他们精心挑选出的葵花种子，种在祖国的边防线上。

我们把手中的葵花子放回布袋。那清香，是阳光、土地和绿色植物的芬芳。

昆仑山咆哮的暴风雪，伴随着我们进行讨论。

为什么只写给解放军叔叔？边防线上也有解放军阿姨呀?!

在国境线上种葵花，多么美妙的想法！每当葵花开放的时候，我们将有一条金色的国境线。

这根本不可能！昆仑山是世界第三极，雪线上连草都不长，还能开葵花？

我们都默不作声了，只听见屋外风在嘶鸣。

大家决定由我给孩子们回一封信，就说葵花子是解放军阿姨们收到的。只是这里很冷很冷……

昆仑山的"夏天"到了。

信早已写好，却终于没有发出。我们大着胆子，把葵花子种在院子里。

人们都说活不了，却天天跑来看，松土施肥。

种子发芽了，先探出两片嫩黄的叶子，像试探风向的小手掌，肥厚而天真。然后，舒展腰肢，前仰后合生机盎然地长起来。

昆仑山默默地认可了这些来自亚热带的绿色幼苗，就像它认可了我们一样。

然而，我们高兴得太早了。不知道是上个冬天最迟，还是下个冬天最早的一股冷风，冻死了绝大部分葵花。

奇迹般地保存下一棵幼苗，它并不是最强壮的，也许因为旁边有一块大石头。受到启发，我们用石头为葵花围起一圈不透风的篱笆。

现在，我们每天都趴在石头围墙上看葵花，不知道的人，还以为里面养着活蹦乱跳的小生灵。

这棵幸运的葵花，一往情深地看着太阳，勇敢地展开桃形的枝叶。茎上纤巧的茸毛，像蜜蜂翅膀一样，在寒风中抖个不停。也许它感到了昆仑山喜怒无常的威严，急匆匆地压缩了自己的生命历程；才长到一尺高，就萌发出了纽扣大的花蕾，压得最高处的茎叶微微下垂，好像惭愧自己为什么不长得更高一些。

那一年没有秋天，寒凝一切的风雪，毫无先兆地骤然降临。早上起来，天地一片苍茫，我们几乎是跌跌撞撞地扑向葵花。

石围墙也被飓风吹得四散飘去，向日葵却凝然不动地站立在那里，在冰雕玉琢的莹白之中，保持着凄清的翠绿。叶片傲然舒展，像一面玻璃做的旗，发出环佩般的叮当之声。最不可思议的是，在它生命的最后一刻，居然绽开一朵明艳的花。那花盘只有5分硬币那么大，薄而平整，冰雪凝冻其上，像一块光滑的表蒙子；刚分蘖出的葵花子还未成熟，像丝丝柳絮一样优雅地弯曲着，沁出极轻淡的紫色。最令人警醒的是花盘四周弹射出密集的黄色花瓣，箭头一般怒放着，像一颗永不泯灭的星。

葵花身上的冰花越结越厚，最后，凝固成一个方柱形的冰晶。

我不知道它是不是世界上最小的葵花，但我知道它是世界上最高的葵花。

雪线上的蛋花汤

鸡蛋在昆仑山上是很稀罕的东西。

你想啊，海拔5000多米，多么品种优良的母鸡也活不了。从平原到高原几千公里的路程，汽车一路上"跳迪斯科舞"，鸡蛋就是铁皮的，也会被颠出缝。

于是，军需部门就给我们运鸡蛋的代用品。其一是蛋黄粉，色泽像金皇后玉米面一样灿烂。掺上水，用油一煎，就成了金闪闪的蛋黄饼。可惜好看不好吃，根本没有鸡蛋味，曾噎得人直翻白眼儿。

"用鸡蛋黄养鱼都养不活，人要一天吃这个，能得黄疸病！"有人说。

食堂若吃蛋黄粉，准得剩一大盆，像漫天的迎春花。

其二是一种有清有黄的冻蛋，是把整个鸡蛋打进铁桶，速冻而成。说起来倒是全须全尾的原装，

173

吃到嘴里，却比鲜蛋差得远。好像鸡蛋的魅力是一种很温暖的东西，一冻就丢了。

其三就是鸡蛋罐头了。圆圆滚滚的球体卧在玻璃罐里，随浑黄的液体浮动。除了形状上还保持着基本轮廓，很难使人想到它是母鸡的产品。

于是，我们这些远离家乡的年轻军人，就像思念绿色一样，思念白色的温暖的有着粗糙外壳的真正的鸡蛋。

有一年过节，炊事班长很神秘地叫我："喂，你是女娃，有个事要问你。"

炊事班长很能吃苦，做饭的手艺可不敢恭维。

"什么事？你说好了。"我心不在焉地应道。

"喏，你看。"他伸出蜷得像个鸟窝似的手掌——我看到在他皲裂的手指圈起的半圆形凹体中，有一个粉红色的鸡蛋。

"是真的吗？"我惊喜地问。

"当然是真的！要是有个老母鸡，也许能孵出鸡娃来！"炊事班长得意地说。

这肯定不行。就算它原来是一颗有生命的种子，跋涉冰峰雪岭时也早冻死了。我顾不上反驳炊事班长，只一个劲儿地问："它为什么没被颠破呢？"

炊事班长不乐意了，说："瞧你这个样，好像巴不得它破了！这是我老乡特地从家乡带来的，一路上抱着纸盒，连个盹都没舍得打。"

我说："这真是一个经历了长途拉练的鸡蛋。"

炊事班长说："别废话，知道叫你来干什么吗?"

我说："把这个鸡蛋送给我。"

"吓! 想得美!"炊事班长晃着他的方脑袋说，"老乡一共送我三个鸡蛋，三个鸡蛋够谁吃的? 今天过节，我想用这三个鸡蛋给大伙儿做一锅真正的鸡蛋汤。你是城里人，你喝过那种片片缕缕像米汤似的鸡蛋汤吧? 咱就做那样的。"

"喝过。"我说。

"那好，你就给咱做。"炊事班长说着把我推到锅前。

在呼呼的热水面前，我可傻了眼。不错，我是喝过那漂浮如丝带的甩袖汤，但我根本就不知道它是怎么做出来的! 可我又不好意思对向我寄予了无限期望的炊事班长说"我不会"。在炊事班长的方头颅里，既是城里人，又是女人，就该天生会做鸡蛋汤。

嗨! 有什么了不起的! 鸡蛋汤鸡蛋汤，顾名思义，把鸡蛋倒进水里就成汤! 我痛下决心。

打蛋! 我命令道。

炊事班长乖乖地拿出个大铝盆（可以当行军锅的那种，比一般脸盆要大和深），把三个鸡蛋打进去，用手指把蛋壳内的每一滴黏液都刮净。

三个鸡蛋像三颗金蚕豆，在空旷的盆底滚来滚去；没有了外壳的鸡蛋，更小更少。

一大锅水开了，冒着汹涌的白汽。我端起盆，正想把搅匀的蛋液倒进去，突然觉得它们太单薄了。

"加水。"我说。

"往哪里加水？"炊事班长谦虚地问。

"当然是往……鸡蛋里加水了。"我胸有成竹地说。

"加多少？"炊事班长小心翼翼地请教。

"就加……一大勺吧！"我指挥若定。

现在盆里的景象好看多了，黄澄澄地半盆，再没有捉襟见肘的窘迫。"好了，现在就把鸡蛋液倒进锅里，并且一个劲儿地用筷子搅拌。一会儿，我们就会有香喷喷的真正的鸡蛋汤喝了。"我有条不紊地吩咐着。

人高马大的炊事班长乖乖地听着指挥，三个珍贵的鸡蛋和一大勺凉水倾倒进沸锅……一时间锅里锅外都很安静。

"一个人只能喝一碗，多了就不够了。今天你辛苦，就给你喝两碗吧。"炊事班长思谋着。

"鸡蛋是你的，你本该多吃多占点。"我说。

想象中的鸡蛋汤该有仙女水袖般飘逸的蛋花，该有糯米般的蜜的蛋丝，该有……

满满一大锅水再次开了。

锅里什么也没有，只是云雾般地浑浊。那三个鸡蛋神秘地失踪了，融化在一大锅雪水中。

我和炊事班长面面相觑，目光在询问："鸡蛋呢？万里迢迢从家乡带来的鸡蛋到哪儿去了?!"

喝汤的时候，我对大家说："今天这汤是鸡蛋汤，真正的鸡蛋汤！"

同伴们莞尔一笑，说："是吗？做梦吧！"

"是真的！我亲眼看见三个鸡蛋的，它们就在这汤里，我不骗你们！"我急得都要哭了。

大家还是半信半疑，因为，汤里实在是看不到鸡蛋的影子。

"不信，你们问炊事班长？"我使出最后的撒手锏。

大家把脸转向炊事班长。炊事班长扶着他的大方脑袋，什么话也没有说。

于是，大家一哄而散，没有人相信我关于鸡蛋汤的神话。

"炊事班长，你为什么不说？为什么不说？"我气愤地质问他。

"大家没看见鸡蛋，你叫我说什么？"炊事班长心平气和地说。

那一天，我喝了好多鸡蛋汤，一边喝一边想，鸡蛋藏到哪儿去了呢？

这个问题我一直想了好多年。我想假如我不在鸡蛋里掺水，事情也许会好得多。当然，如果锅不是那么大，如果我们有许多的鸡蛋，我们就一定会喝上美味的鸡蛋汤了。

　　每个人都是坐过汽车的，但连着坐12天汽车的经历，就不是人人都有的了。

　　打开中国地形图，注意一定要海是蓝的，陆地是绿的，随着海拔的升高逐渐变成橘黄色的那种地形图，而不是五颜六色的行政地图。

　　你往地图的左面看，地图是左西右东的，左面就是中国的西部。你会看到黄色像深秋的树叶，渐渐地浓重起来，从姜黄、橙黄直至加深到棕褐色。你从图例上查到颜色与高度的对应表，发现西藏的平均海拔在5000米以上。尤其是藏北，那是屋脊上的飞机。

　　怎样到达藏北呢？在遥远的古代，是乘骆驼和牦牛，往返一趟，要十几年甚至几十年的工夫。现在有汽车了，但从新疆的乌鲁木齐出发，也要将近半个月的时间。

我们坐的是大卡车，车上装满了大米。我们就把脚伸在大米麻袋的空当里，屁股坐在大米上，开始了数千公里的跋涉。

我们一边走一边不断地抱怨这些麻袋，它们像枷锁一样紧紧地箍着我们的脚。谁的腿要是坐麻了，想活动一下，就得在缝隙中把脚尖立起来，像个芭蕾舞演员一样，才能把脚抽出来。用手把脚揉好了，再从小孔把脚塞进去。

司机为大米打抱不平，说："你们还得感谢这些大米麻袋呢！这是为了运送你们，特地装在车上的。"

我们齐声嚷："才不信呢！要是没有这些大米，我们的地方会宽敞得多。"

司机说："要是没有大米，这样颠簸的路，会把你们头上的帽子颠到天上去，尾巴骨也会碎成八瓣。"

有这么可怕？

刚开始上路时我们不信，随着山势的险峻，我们渐渐地信了。

修在峭壁上的简易公路，像鸡肠子一样弯曲细窄。

往来的车轮像耙子，把坚硬的沙石刨松了。车轮的碾轧，又把碎石聚成无数的塄坎，掘出无数的坑洼……人们给这种路起了一个形象的名称——搓板路。

车子在"搓板路"上行走，就像跳摇摆舞。一会儿抛上浪尖，一会儿跌下深谷。幸亏大米压住了车厢，要不然我们就得像滚珠似的在车厢里蹦跳不止。一天车坐下来，整个身体活像一把用了一百年的旧椅子，所有的关节处都要散开了。

第一天我晕车，路上吐了几次，晚上睡在兵站。兵站这个名称很有点古代烽烟的味道，那间房子奇大无比，10个女孩子住在里面，只占了一个角落。

地上铺着稻草，很松软。把头埋在里面，有一股太阳的气息。

我掐指算了一下说："啊呀，还要坐那么久的汽车，我都要变成老奶奶啦！以后我回家的时候，就坐飞机。"

说完之后，我就睡着了。

第二天一大早，所有的女孩子集合，领导说："有的人怕苦怕累，才坐了一天汽车，就想坐飞机回家了。这样的人，真是没出息啊……"

大家都寂静无声，你看看我，我看看你。

我也好奇地眨着眼睛看别人，心想："是谁说的呢？她怎么和我想的一模一样呢？"

因为是不点名的批评，也没有什么严重的后果，我渐渐地就把它忘了。

几年以后，遇到一个和我一道坐过大米车的朋友。她说："我可真是佩服你了，当年在那样的批评之下，大智若愚，不动声色。"

我说："你说的是什么呀？我怎么听不懂？"

朋友说："批评想坐飞机的人就是你啊。"

我大吃一惊，说："我根本就不知道那是在说我啊。"

朋友就说："那我告诉你，是谁向领导报告了你说的话……"

我赶忙捂住了她的嘴，说："你千万别告诉我，我一辈子也不想知道是谁。"

后来，我们就开始说其他的事，说得很开心。

说不想知道是谁，那是假话。以后的岁月里，我也曾多次浮起这个疑问。心想，当我说出那句发牢骚的玩笑话时，已是深夜；第二天一大早就被点了名，同我一道睡在兵站大房子里的女孩子，是谁这么嘴快告了我的状呢？

我仔细回忆那些裹在稻草里的年轻美丽的面孔，每一张脸都纯洁可爱。我至今不愿枉猜她们之中的任何一个人。

也许是那些大米麻袋告的状吧！

乘降落伞的西瓜

从平原到西藏高原，要坐6天的汽车。蔬菜水果都是很娇气的，哪里顶得住这样的颠簸？更不消说一路上雪花飘飘，气温在零摄氏度以下，再好的叶绿素也成了冰激凌了。

但是，平原上的人还是挺关心高原上的人的，每年八九月份山下最热的时候，总要装上几卡车蔬菜，每车配备两个司机，昼夜兼程，把6天的旅程压缩成3天，赶上山来，想让吃了一年干菜和罐头的高原人享个口福。

但再新鲜的蔬菜，经过几千公里的折磨，也面目全非了。茄子皱得像核桃，蒜苗黄得像京剧里奸臣的胡须，只有青椒还绿着，但绿得十分可疑，用手指轻轻一弹，皮就"噗"的一声破了，流出一包绿汪汪的清水，原来它早已冻烂了。

有一次，运菜的车遇上了暴风雪。昆仑山是喜

182

怒无常的，就是在最温暖的季节，也会骤然翻脸，降下鸡蛋大的冰雹。菜车像破冰船似的抵达高原，通知大家去卸车。

到了车跟前，吓了我们一大跳：这哪里是车，简直就是一座移动的小雪山。

扒开篷布上厚厚的积雪，露出一个个装菜的纸箱。押车的人抱起一个箱子，"砰"地丢下车，"咚"的一声巨响，好像摔下来一箱炮弹。

"你轻一点儿好不好？"我们一齐冲他嚷。要知道，在高原上，蔬菜像黄金一样贵重，哪里容得他这般粗暴蹂躏！

"砸得再重些也不碍事。"押车员大大咧咧地说。

我们愤愤不平地打开箱子一看，才发现他说的是实情。这一箱里面装的是黄瓜，每一根都翠绿挺拔，像警棍一般笔直，用手一碰，发出清脆的玻璃器皿之声，好像是翡翠雕成的工艺品。

又打开一箱，是西红柿。每一颗果实都红润闪光，好像红玛瑙。手指稍不留意碰破了西红柿的皮，流出的不是红汁，而是橙色的冰晶。

再打开一箱，是豆角。平日熟识的豆角显出一副陌生的模样，居然塑料似的半透明了。透过朦胧的豆荚，依稀看到乳白色薄而软的豆粒，好像一个个惊讶的眼睛。

严寒使所有的蔬菜都改变了风味，吃到嘴里，都是雪花的味道。

这种运输的艰难情况，几年后得到了一点改善。有一年快过春节的时候，接到通知，飞机将给我们空投报纸和蔬菜；还有一年降落伞运载的是西瓜。

空投的日子到了，我们都眼巴巴地望着天空。冬天吃西瓜，就是在平原，也是很奢侈的事情。我们已经快忘了西瓜的滋味了，这是多么快活开心的节日！西瓜一落地就得马上收藏起来，千万不能在雪地里裸露时间太长了。要知道当时的气温是零下几十摄氏度，要是把西瓜冻僵就糟了。

飞机来了，因为周围都是狰狞的山峰，飞机不敢低飞，就开始空投了。一朵朵洁白的降落伞像鸽群一般在高天浮动。

天气很晴朗，但仍有看不见的气流在天穹穿行。突然有一个降落伞脱离了队伍，向远处的山谷翩翩飞去。

其他的降落伞都乖乖地落了地，久候的人们扑过去，迫不及待地打开伞下坠着的麻袋。打开一袋是报纸，打开另一袋是蔬菜，再打开一袋又是报纸……就是不见西瓜。

赶快同飞机上联系，问是不是忘了投西瓜？

飞机上回答，乘降落伞的西瓜，千真万确地空投了下来。

完了！人们仰天长叹：那个飘往雪原深处的降落伞，装载的就是高原人望眼欲穿的西瓜啊！

元宝饺子

中国有句俗语：好吃不如饺子。

西藏高原的人，当然也爱吃饺子。可山上的水不到八十摄氏度就开了，根本就煮不熟饺子。再说平日里大家都挺忙的，包饺子是个大工程，一时半会儿完不成。

春节到了。年轻人回不了远在内地的老家，大年初一总得吃顿象征团圆的饺子吧。

为了这顿饺子，从腊月二十八就开始忙上了。

炊事班长打开一袋袋面粉，各捏一小撮在手心，追着人问："你们说哪一袋面最白？"

大家随便看了一眼说："都是一盘机器磨出的面，都是一样白。"

炊事班长就红了脸反驳说："那可不一样。有的就细些，有的就粗些。十个指头还不一样齐！"

大家说："粗细还不一样吃？"

班长认真地说:"那不一样。大伙好不容易吃一顿饺子,要用最好的面。"

挑好了面,就开始兑水揉面。几个小伙子抡圆了胳膊干,和出好几袋面。面团卧在案板上,好像一只只小白猪。

然后是调馅。山上没有鲜菜,就用脱水菜。干燥的脱水菜是一种像树叶一样黄而脆的碎层。一浸了水,就迅速胀大,变成像淤泥一样绿得发黑的糊状物。用手把水挤出去,菜馅的主角就有了。

没有鲜肉,就用红烧肉罐头替代。啪啪啪——打开几十筒,亮闪闪的一大溜罐头盒,好像一排胖胖的锡兵。冻成块的肉罐头要用筷子使劲搅匀,要不然,可能这个饺子里都是肉,那个饺子就是素馅的了。

面和馅都有了,剩下的步骤就是如何把馅包在面里的问题。按照各自所在的房间划成小组,到食堂去领原料。

为了分得公平,炊事班长特地找来一杆秤。按每个人若干面若干馅的比例分发。我们领了面和馅,看着班长说:"还有东西没发呢!"

操劳了几天的班长不耐烦了,说:"还要什么?该给的都给你们啦!"

我们说:"还有擀面棍、案板和搁饺子的盖帘啊。"

班长说:"想得还挺周全。我又不是仙女,在这高高的雪山上,我到哪儿去给你们变这些东西?自己想办法吧。"

我们可怜兮兮地说:"想不出来法子。"

班长说:"那好办。就不要吃饺子了。面团擀成面片,饺子馅捏成

186

丸子吃。"

我们赶紧就抱着盛馅和面的盆跑了，自己去想办法。

用抹布把桌面擦干净。谁不放心，就用酒精棉再涂一遍，算是消了毒。这就有了案板。

找来几本厚书，铺上白纸，撒一些干面，就成了上好的盖帘。

最难办的就是擀面棍了。雪山上连树都不长一棵，因陋就简现做一根都不可能。

不知是谁灵机一动，把一百毫升的大注射器芯子抽出来，权当擀面棍使。

起初，大家都说这个法子妙，但实践的结果并不理想。虽说勉强能把面团擀成圆形，但麻烦太大了。一来是注射器内芯有个隆起的把子，干起活来十分不得劲。二来是芯子非常滑，在平整的桌面上碾动，就像穿了溜冰鞋，累得人手腕酸疼。更有一位酷爱洁净的女孩说，她宁愿吃馒头，也不吃注射器芯子擀皮包出的饺子。

我们不解地问："为什么？"

女孩说："因为那根注射器抽过病人的血，芯子上没准儿还沾着病人的细胞呢！"

我们解释："都洗刷干净了，还用高压锅消过毒，没有事的。"

那女孩说："反正我是不吃这根棍擀出的皮，总是叫人心底犯嘀咕。我到别的房间看看，要是用新注射器，还凑合。"

说着她就跑了出去。

187

过了一会儿，她回来神秘地说："你们猜男子汉们是怎么擀皮的？"

我们猜不出，她就领我们去看。

只见男人们把面团塞进压面条的机器，用力把轮轴摇得像一架风车。面团就被挤成薄而长的面片，像瀑布一样垂下来。

男子汉们把布匹一般的面片摊在桌面上，抓起暖壶盖，像盖公章一样扣下去。一个圆而大而厚的面块就被切了下来，摞在一起，就成了硬邦邦的饺子皮。

男子汉们用这种饺子皮包的饺子，又胖又大像白花花的元宝。

女孩子们笑他们的饺子样太蠢，他们不服气地说："我们的饺子一个顶一个，谁像你们的，没个鸽子眼大，吃一百个也不饱。"

几乎忙了一夜，我们才把饺子包好，天亮了，各房间把自产的饺子送到炊事班。大家的饺子真是千奇百怪，山东的挤饺，河北的睡饺……江南的饺子最秀气，趴在那里，好像半个月亮……

饺子又叫水饺，意思是用水煮的饺子。高原上的水不开，只好改为蒸饺。班长指挥着，每个房间的饺子摆一屉。拧好高压锅的螺栓，开始点火了。

大家都目不转睛地盯着高压锅，好像那里面炖着山珍海味。

炊事班长揭开锅的一瞬，人们像喜马拉雅鹰一般扑了上去，根本不管屉与屉的分别，抓起饺子就往自己的碗里扔。

女孩子们比较矜持，况且她们的鸽子眼样的小饺子，谅也没人稀罕。

轮到她们拾饺子的时候，可就傻了眼。哎呀呀，精致的小饺子早就被人抢完了，只剩下大元宝稳坐笼屉。

女孩子们一边吃元宝饺子，一边嫌它们皮厚馅少。只有一个女孩好开心，她说："不管怎么样，这种饺子吃着放心，起码皮上没有血迹。"

　　高原奇冷，一年要生九个月的炉子。因为氧气少，一般的煤很容易熄灭，就要烧焦炭。

　　焦炭是一种银灰色的固体，是煤经过高温干馏后生成的，闪着清冷的金属光泽。它从遥远的平原运上山，走了很远的路。听人说，加上运费，一斤焦炭的价钱比一斤白面还贵。所以，烧焦炭的时候，就有一种烧钱币的感觉。焦炭也有缺点，它燃烧的时间虽比煤长，但很不容易点燃，每块充满小孔的焦炭都像石头一样阴沉着脸，不愿把自己辛苦积攒起来的热量释放出来供人们享用。于是，每次生炉子就成了一个难题。

　　小如生炉子的手艺最好了，她先把干柴劈成比火柴粗不了多少的细棍，像喜鹊搭窝一样架在炉膛里；柴下面塞着一团松软干燥的纸，充当引煤，再在柴火上面铺满了核桃大小的焦炭。炭的体积很重要，太小了，彼此间没有缝隙，就会把火苗憋死；太大了，柴火来不及把焦炭引着，自己就先烧光了，前功尽弃。

小如把一切都准备好以后，就把炉门紧紧地关闭，炉盖也扣得严丝合缝；再用一只大铁壶镇在炉台上，好像炉膛里禁闭着一个妖怪。

然后，她匍匐在地，往炉底出炉灰的小口塞进一根火柴，像小偷一样蹑手蹑脚地把炉火点燃；炉子就发出柔和的风声，伴以极轻微的爆裂声……

我们焦急地等待着，很想看炉膛里的情形究竟怎样。但小如像个卫士似的守着炉子，说："不能看，一看三不着。"

我们恨恨地说："又不是什么宝贝，看看还能化成水啊？"

小如慢声细语地说："你们见过蒸馒头吧，没熟的时候是不能看的，一看跑了气，冷风灌进去，馒头夹生了，就再也蒸不熟了。刚点燃的炉子就像婴儿一样软弱，一看，它就不肯着了。"

面对这样富有人情味的点火者，你能有什么法子？只好乖乖地耐着性子等待了。

炉子像绵羊一样听小如的话，虽然我们看不到里面的火焰，但周围的空气不可遏制地温暖起来，炉膛射出看不见的红光，把我们的脸烤得红热如花。

我对小如的本领又羡慕又不服气。有一次，小如不在的时候，炉子熄灭了，整个房间冰冷如窖。大家发愁地说："小如要是再不回来，我们的血就要结冰了。"

我说:"让我来试试。"大家抱着死马当活马医的想法,就同意了。

一切都是按小如在时的样子操作。我也严格地执行纪律,谁也不准看。我们静静地等了一个小时,手都冻僵了,炉子还是大智若愚地沉默着。我终于忍不住了,一把掀开炉盖。只见满膛的焦炭像严肃的眼睛,漠然地注视着我们,没有一点发红发热的意思,甚至连最下面的柴火都没有燃烧。

我气得不行,说:"它们不肯着,我们泼一点汽油,看它们还能这样一声不吭?!"

大家都说这是一个好法子,分头行动,一会儿就搞来了一大罐头盒汽油。

由我动手,从炉口自上而下,把汽油泼了个痛快。每一块焦炭都黑黝黝的像宝石一样泛着蓝光,柴火也油汪汪的好像浸满松脂。

我兴致勃勃地划了一根火柴,从敞开的炉盖丢进膛里。

只听"砰"的一声巨响,炉子与烟囱的交界处裂开了一个大豁口,一个橙红色的火球蹿天而起,大股的浓烟像手榴弹爆炸似的咆哮而出,飞舞的火舌像一种奇怪的植物四处翻卷着叶子……

我们惊恐万状地退踞墙角,被烟尘呛得鼻涕眼泪一齐流。

小如恰好这时回来了,拉着我们逃到院子里。"这是谁的主意啊?"她就是发脾气的时候也是细声细气的。

我惭愧地说:"是我,没想到汽油这么厉害。"

小如说:"汽油燃烧的时候,体积一下子会膨胀好多倍,幸好你没盖炉盖，要是捂得太严密了，炉子会爆炸的。所以，不能用汽油来生炉子，你可一定要记住啊！"

我说："记住了。可是我不明白，我的一切步骤都跟你是一样的，为什么就生不着炉子呢？"

这时屋里的烟雾已经慢慢消散，小如牵着我的手走进来，细细地查看黑黝黝的炉子，过了一会儿，她问："你是不是放了许多引火的纸啊？"

我说："是啊，纸放得多，才能引燃柴火嘛！"

小如轻轻一笑说："问题就出在这里了。你放的纸太多了，燃烧的纸尘把炉算子通气的通道都堵死了，就像人被捏住了气管，炉子自然点不着了。"

我真是哭笑不得，一个铁皮炉子，居然比人还娇气。

后来，我跟小如学会了生炉子，成了除她以外的第二位好手。有一次，我生的炉子，整整八个月的时间没熄灭，也算创了昆仑山上一个小小的纪录呢！

高原严寒缺氧，人体的许多功能就不正常；加上吃不到新鲜蔬菜，就染上了怪毛病。有一天，我和别人说话的时候，突然觉得嘴里咸咸的，对面的人就惊叫起来，说："你的牙齿出血了。"

我拿出小镜子照了照，其实，不是牙的毛病，是我的上嘴唇正中间裂开了一道很深的口子，鲜血流出来了。

我想，以前我们在平原，冬天气候干燥的时候，嘴唇偶尔也会裂个小口儿。小事一件，忍两天，它自己就会好的，所以，也没在意，用冷水漱漱口，把血止住后，就忘了这件事。

但在以后的日子里，嘴唇时时提醒我注意它。口子像一道战壕，顽固地不肯愈合。我每讲一句话，它都准时送我一个疼痛做礼物。特别是当开心的时候，咧开嘴巴一笑，就有鲜红的血珠从嘴唇滚落到下巴上。

作为一个女孩子，这是多么不雅观的事情。再说，嘴唇这样长久地裂下去，会不会变成三瓣嘴的兔子？

我捂着嘴，去找老医生。

他看了看我的嘴唇，说："这是因为高原缺乏维生素，引起的代谢失常。我给你开点药，你可要按时吃啊。"

治病心切，我连连点头。从此，每天吞下大把的药片，红红绿绿的像一捧豆。但药吃了一筐筐，两瓣嘴唇依然像仇人似的不肯聚拢在一处。我只好又去找老医生，说："你的医术不高明，药都吃完了，嘴唇也不好。"

他说："你除了要吃维生素以外，嘴唇还要制动。"

我说："什么叫制动啊？"

老医生说："你见过骨折的病人吧？为了让断裂的骨头快快长好，就要打上石膏，让伤处不能随意活动，这就叫制动。"

我吓了一跳，说："原来您是要在我的嘴唇上打石膏啊？"

他说："没那么严重，我只是打个比方。要想把嘴唇治好，你从今以后要少说话；吃饭时也要把嘴抿得小小的；更不得哈哈大笑，要按照笑不露齿的古训去做。这样固定嘴唇一个星期之后，我保你恢复如初。"

我想了想说："吃饭的事还好办，我忍着饿就是了；笑的问题我也可以办到，尽量想些难过的、发愁的事，耷拉着头就笑不出来了。只是一个星期不说话，这太憋得慌了。就算我可以不聊天，上班的时候对病人总是要说话的吧？我不能推着治疗车，一声不吭地走过去，低头二话不说，啪的一下，就把针头戳到病人的肉里去啊。"

老医生想了想说："你说得倒也是，只是我没有再好的办法了。"说着，无可奈何地两手一摊。

我的嘴唇就这样一直豁着，绵延了几个月也不好，它像大峡谷一样，给我带来许多不便。后来，我就自己想了一个土办法：每天晚上睡觉的时候，用胶布把嘴唇粘起来，把裂口紧紧地对在一起。同屋的女友惊讶地说："你是怕夜里说梦话的时候，泄露了什么感情秘密吗？"我含糊地说："是啊，是啊，我怕夜里唱歌，吵醒了你们。"

每天早上起床后，再小心地把嘴唇上的胶布揭下来。白天尽量少讲话，一定要讲的时候，就像个淑女似的，轻启朱唇；快活的时候，赶紧用手把两片嘴唇捏住，免得开怀一笑前功尽弃了。

最痛苦的是吃炖肉的时候，面对着一大块肉骨头干咽口水，只能一小口一小口地呷汤……

我这一套土办法真的很见效呢。有一天，我早上起床的时候，突然发现久久裂着的嘴唇合在一起了，红艳如初。

在高原待的时间长了，才知道很多人患口唇破裂这个毛病。我无私地把自家的秘诀传授给他们，大家都说很灵。只是有一个人说："你夜里粘胶布的法子不错，但早晨从嘴唇上往下撕胶布的时候，太痛了。"

我说："哎呀！忘了告诉你，用淡汽油一涂，胶布就很容易扯下来了。"

过了几天，我又看到他，很有把握地问他，是不是操作起来很轻松了？

他苦着脸说："你的法子倒是见效，只是现在走到哪里，汽油味就跟到哪里。我的嘴唇好像变成了一辆汽车。"

　　打针是医务人员的基本功了，每个医生护士都
有给别人打第一针的经历。那滋味虽说比不上打第
一枪惊心动魄，但也令人终生难忘。

　　在正式打针以前，我们先经历了短暂的画面学
习。比如注射部位，神经的走向，针头与皮肤的角
度等，都像背口诀似的谨记在心。

　　终于有一天，我们要真刀真枪地在病人身上实
习了。

　　我的老师是一位男护士，姓胡（我们是第一批
分到藏北的女护士，在我们之前的护士，自然都是
男的了）。胡护士让我复述了一遍肌肉注射的操作
程序以后，就说："行，你出师了。推上治疗车，到
病房打针去吧。"

　　我听了很高兴，赶紧把打针的家伙准备好。推
着车要走的时候，见胡护士揣着两只手，一副无动

于衷的模样。

我奇怪地说:"咦,你怎么不同我一道走?"

他说:"这次你一个人去。打针又不是拔河,要那么多人干什么?"

我吓了一跳,乞求他说:"你跟我一起去好吗?不用你动手,站在一边给我壮个胆就成。"

胡护士毫不通融:"你错了,有人在旁袖手旁观,你才容易心慌。真到你独自面对病人,胆量自然就来了。"

我还是不死心,就说:"你要是不去,我打针有什么毛病,自己也发现不了,不是对病人不负责任吗?"

胡护士想了想说:"这样吧,你打完了第一针就找个借口走回来,我去检查一下,问问病人的感觉,就能知道你的技术如何了。"

谁让胡护士是我师傅呢,只有照他的主意办。我一个人推着小治疗车,向幽深的病房走廊走去。那一瞬间,我好孤独,有一种独闯虎穴的忐忑。

进了病房,病人像往常一样微笑着迎接我,我的心略微安定了一点。我翻开了治疗簿,第一个接受我"治疗"的是一个名叫"黄金"的人,很高大威武的样子。

我鼓足了勇气,轻声地说了一句:"黄金,打针。"

我以为他一定会不放心地问我,怎么就你一个人来了?老护士呢?但实际上他什么也没说,乖乖地趴在床上,很自觉地做出了挨针扎的姿势。

我松了一口气，口中念念有词，都是注射的诀窍，左手绷紧了他的皮肤，右手笔直地竖起针管，一咬牙一闭眼，正要不管不顾地往下戳，心里突然打了一个哆嗦。我想平日里不小心手上扎了一个刺，都会疼得直吸冷气；金属针头比竹刺可粗多了，那还不得疼死？真不忍心下此毒手啊！要是我一针攮下去，病人痛得熬不住，一个跟头跳起来，会不会把我的针尖折断在肉里？那麻烦就大了！这样一想，手变得酥软，老捏着针管比画，针头刺了几下，都没捅进肉里。

黄金动了动身子说："护士，你咋还不扎？我都冻得起鸡皮疙瘩了。"

再不能拖下去了，要不病人旧病没好，又添一个重感冒。索性豁出去了，长痛不如短痛。我说了一句："黄金，你可千万别动！"说时迟那时快，手一抡，就把注射器像菜刀一样砍了下去……

在此之前，我在萝卜和棉花团上练过打针，真的一试，才发现差别大了。人的皮肤比萝卜软得多，比棉花要瓷实得多，有一种很怪异的感觉。也许是我的劲儿用得太大了，几乎没有遇到任何抵挡，针头就顺畅地插进了黄金的身体。

俗话说，万事开头难。我进针的这个头开得不错，后面就容易得多了。我很均匀地推动着药液，拔针的动作也快捷麻利。黄金惊奇地说："我还没什么感觉，你的针就打完了。真是青出于蓝而胜于蓝啊！"

我很得意地回到护士值班室，对焦急地等在那里的胡护士说："你去验收好了。"

胡护士从病房回来的时候，不像我想象的那么满面春风。他皱着眉对我说："病人对你打针的技术反映还是不错的，说你打针的时候一点也不疼……"

我不好意思地微笑着，很想说几句表示谦虚的话。可是，还没等我想出词句，就听胡护士话锋一转说："但是，我发现了一个很严重的问题……"

我赶紧检讨："我准备的时间太长了，把病人给冻坏了……"

胡护士说："这还是小事，你的过失比这个可大多了。我在黄金的屁股上看了一下，根本就没有你消毒皮肤的痕迹……"

我一下子如同五雷轰顶。天啊，我忘了这件最重要的准备工作，没用碘酒、酒精消毒就把针头捅到病人的身体里了。

我吓得几乎哭出来，说："病人不会得败血症吧？"

胡护士说："我得赶快向医生报告，让他给病人吃点消炎药，但愿一切平安无事。"

从那天以后，好多日子我都抬不起头来，尤其是害怕见黄金。幸好他的身体很健康，没留下什么后遗症。

第一次打针的教训真是刻骨铭心，我以后再也不敢这样粗心大意了。

女孩们用的纸比别人多。干净的柔软的洁白的纸，是伴随她们整个青春的朋友。

我们到了西藏，才发现这里的"毛伴"（藏语，商店之意），根本就没有卫生纸卖，更不要说卫生巾之类的东西了。大家开始并不着慌，因为刚从家里来不久，提包里都还有存货呢。

高原的日子在寒冷中一天天过去。终于有一天，女孩们发现已无纸可用。

这可怎么办？尤其是果平，已是等米下锅的局面。

这是一个绝对要回避男性的问题，我们缩在屋里苦思冥想。

有人说干脆给山下的商店发个电报，叫他们速运一大卡车卫生纸来。

河莲说："这是不可能的。山上只有我们这几个女孩，别的人又不需用这东西。要是拉上一卡车，什么时候才能卖得完？毛伴才不会做这种赔本的生意呢。"

大家愁眉苦脸地你看着我，我看着你。除了从毛伴那里买纸，想不出还有什么其他的途径搞到纸。

"我有办法了。"果平突然胸有成竹。

大家忙问她有何高招，她笑而不答，一副高深莫测的模样。大家见她不肯说，也就作罢。反正她的形势最紧急，她都不急了，别人乐得逍遥。

过了几天，我的纸也用完了。悄悄找到果平，说："把你的纸分我一点用。"

果平说："我哪里有纸？谁说我有纸了？"

我说："你好坏呀！没纸的时候，要我们大家帮你想办法。你有纸了，就独自享用。真自私。"

果平笑起来，说："我真的没有纸。不过你说我自私倒是对的。我要把我的办法告诉你，你也自私起来。"

我说："不管是什么法子，我得先得到纸。我这里急等着用，你速速从实招来。"

果平附在我的耳朵上说："我用的不是纸，是包扎外科伤口用的止血绷带。"

我一听，这真是一个好办法。后来大家就你传我，我传你，都用止血绷带代替卫生纸。

有一天，河莲对我们说，领导找她谈话了，说最近没有外伤病人，可止血物品消耗得太快。看来我们得想另外的法子。

我说："只有寄望于毛伴。毕竟它是我们和山下繁华地区唯一的通道。"

我和河莲就到毛伴，同卖货的藏族小伙子说："我们需要纸。"

热情的小伙子为我们找出一箱信纸。

"不！不！不是这个纸！"我和河莲一个劲儿摇头。

小伙子又搬出了成捆的蜡光纸，五颜六色，煞是好看。

"不！更不对了！"我们俩摆手跺脚加比画，总算让他明白了我们的意思：需要一种洁白柔软的大张纸。到底有没有？

小伙子笑眯眯茅塞顿开的样子，连连说："那样的纸有！多得是！"说着就到后面库房去找。

我和河莲相视而笑：真是踏破铁鞋无觅处，得来全不费工夫。

过了一会儿，小伙子满面尘灰地抱着一大卷纸，气喘吁吁而来。高原缺氧，任何动作都像剧烈运动一样费力。

我和河莲赶紧迎过去，刚想谢他，细一看，不禁傻了眼。那不是什么细软的卫生纸，而是画国画的宣纸。

"这个，是不是很好？像你们说的那样——白——软——大？"小伙子透着为别人做了好事之后的得意。

"那当然……是了……只是，这个……太可惜了……"我和河莲结结巴巴，不知如何答对他的好心。

"这个不可惜。已经运到这里好多年了，从来没有人要。你们买了吧，价钱很便宜……"藏族小伙子恳切地说。

河莲和我商量，看来没有现成的卫生纸，止血绷带又不可再用了。我们就先买了这宣纸，回去救个急吧。

我们把宣纸带回去，滴上水做了个试验。洁白的宣纸又柔韧又吸水，如上好的布绳子。我们刚想欢呼，突然发现一个严重的问题：宣纸经过长途跋涉，纸缝里夹满尘沙。

这可怎么办？谁都知道，女孩子用的纸要很清洁的。

河莲说："我们把土抖干净，然后用高压锅消毒。这样有什么病菌也不怕了。"

大家就高高兴兴地把纸送去蒸，从此再也不用为纸着急了。

但我有时候想起来，真是为那些宣纸可惜啊。

　　我小的时候在幼儿园表演藏族舞蹈，每个小姑娘都要扎一条花围裙，那是藏族女装最显著的标志，我们都喜欢得不得了。可那么多的小朋友，到哪里去找许多真正的藏族小围裙呢？幼儿园的阿姨很会想办法，买来白毛巾，贴上彩色蜡光纸的窄条，一条五光十色的藏族小围裙就做好了。

　　我把这条毛巾和纸做的围裙扎在腰间，对着落地的穿衣镜一照，哈！美丽极了。雪山上的仙女就是这个样子啊？

　　来到西藏，看到藏族女人果真围着同样的围裙。但也许是扎在腰间的时间太久了，高原的紫外线把颜色晒褪了，它们没有我想象中的漂亮。

　　离我们住的地方不远有一条小街，藏语称它为"毛伴"。一天，我在毛伴的小店里闲逛，突然在柜台里发现一条极鲜艳的藏族围裙，缝缀着七彩的绸条，好像是把天上的彩虹剪来一段贴在上面了。

"这条围裙多少钱？"我迫不及待地问售货的藏族小姑娘。

她微笑着用不很熟练的汉语报出一个价钱，并不很贵，我一算，自己身上带的钱足够了，就一边忙着掏钱，一边连声说："我就要这条围裙了，请赶快给我包起来。"

藏族小姑娘数完了钱，却一动也不动，充满歉意地对我说："单有钱是买不了围裙的。"

我吃了一惊说："买个围裙还需要什么证明吗？"

她说："还需要两尺布票。"

那个时候，每年都发一种布票，凭票才可以买布制品，我们的衣服因为都是统一发的，就没有布票。我一时抓了瞎。

我不死心地说："这个围裙都是绸缎做的，为什么要布票呢？是不是有些没道理？"

小姑娘红着脸把围裙拿过来，翻过绸缎的背面让我看，那是一层淡紫色的布。她小声说："没有办法，这是规定。"

我再不好说什么了，垂头丧气回到宿舍，把缘由一讲，大家七嘴八舌地帮着我想办法。

果平说："让你妈妈给你寄几尺布票来吧。"

我撇着嘴说："我还以为你有什么好主意呢！就这个办法啊，我早想过了，不行的。我们家在北京，寄来的是北京布票，在西藏是不能用的。必须要有西藏布票才行。"

河莲说:"我们同你一起再去找卖围裙的藏族小姑娘,大家一块儿为你说话,人多力量大,没准儿就把她的心说动了。"

我连说:"不成不成。我看得出她是一个好心的小姑娘,我们要是不给布票就拿走了她的围裙,她会伤心的。要是那样,我情愿不要围裙了。"

正在大家一筹莫展的时候,一直没吭声的小如附在我的耳边说:"我倒有一个办法,你可如此这般……不过要你一个人去,千万不可一大帮人凑热闹。这事能成最好,不成就算了,千万不要再为难小姑娘……"

我连连答应着,再次进了"毛伴"。

藏族女孩依旧笑眯眯地看着我,不待我说话,就把那条精美的围裙拿了过来,用略带生硬的汉语说:"布票,有了?你的?"

我记着小如的指示,不慌不忙地说:"我没有布票。"

听了我的话,她脸上的笑容还在,但拿围裙的手就想往回缩了。

我忙说:"可是我有一张背心票啊。"

那时候,我们虽然不发布票,但每人每年有一张背心票,可以买一件背心。

她垂着睫毛说:"可是,围裙和背心是不一样的。"

我说:"是啊,是不一样。但是,如果我没有背心票,要买一件背心,就要给你两尺布票。对不对?"

她又笑起来说:"是这样规定的。"

我说:"那现在我用背心票换你的两尺布票,也说得过去啊。所以我就可以用这个背心票买藏族围裙了,你说是不是啊?"她开心地笑了,露出珍珠一样的牙齿说:"这样的买卖,我以前从来没有做过。不过,你说得也有道理。就按你说的办吧,谁让你这样喜欢我们藏族的花围裙呢。"

我高高兴兴地抱着围裙回了家。伙伴们都开心极了,每人扎着围裙照了一张相。

只可惜那时的相片都是黑白的,不能充分显示出我的藏族围裙是多么光彩夺目。

　　高原上的生物很少。像平原常见的飞鸟，比如麻雀、喜鹊，一种也没有。只有像乌云一般的秃鹫，偶然飞过。鸟儿也因缺氧憋得喘不过气来吧？

　　人有一种爱养小动物的天性，我们就从山底下抱上来一只公鸡。一路上，随着海拔的不断升高，鸡冠子越来越紫，最后简直变成黑的了。好不容易熬到了目的地，我们赶紧把公鸡放在雪地上，心想让它换点新鲜空气，也许它会舒服一些。没想到，它的爪子刚一着地，立即就飞跑起来。跑了没多远，就一个跟头栽在地上，扑腾着翅膀死了。大家非常伤心。初到高原的生灵，是不能做剧烈运动的，要给身体一个慢慢适应的过程，可惜公鸡不懂得这个道理，就丧了命。

　　以后又从山下带上来一头小猪。这回大家有经验了，刚开始半个月，人们紧紧抱着小猪，不叫它活动，可是小猪后来还是死了。医生说小猪得了一种叫作高原肺水肿的重病。

过了些日子，有人从国界那边的印度进口了一只小黑猪。听说它老家的地势也很高，这样就不存在水土不服的问题了。

果然，这只来自异国的小黑猪平安地活下来了。大伙给它起名叫黑黑。

黑黑每天在我们的住处悠闲地漫步，把它的小尾巴得意地卷成一个"8"字。一到开饭的时间，它就从野外赶回来，等在饭厅门口，用长着双眼皮的大眼睛，眼巴巴地瞅着大家，嘴角还会滴下一串口水。

我们宁可自己先不吃饭，也要喂黑黑。这个给它撕一块馒头，那个给它舀一勺米饭。黑黑也很聪明，吃完了这个人的一口饭，就会走开，绝不会老围着你。人们抢着喂黑黑，有时就把黑黑搞得很狼狈，鼻梁上贴了一块豆腐，耳朵上挂着一缕粉丝。它很绅士，一点也不着急。等人们散开了，就自己跑到大石头旁边，把它蹲下来，再慢慢吃掉。

黑黑最爱喝甜牛奶了。刚开始是因为许多人是从农村来的，喝不惯牛奶。轮到喝牛奶的日子（不是鲜牛奶，高原上哪有奶牛啊，是用奶粉冲开的），剩的就格外多。炊事班就准备了一个大木槽盛剩牛奶。黑黑跑过来，把嘴巴拱进槽里，只剩两只眼睛在外面，咻咻地喘着气，埋下头谁也不理。你看不见它狼吞虎咽，只见它的脖子均匀地颤动，但槽里白色奶液的水平面迅速下降，一会儿就露出槽底的木纹了。好像槽子在我们找不到的地方裂了一个大洞，牛奶都渗到地下去了。黑黑抬起头，也很遗憾很吃惊地注视着木槽，好像自己也不明白：刚才还那么多的牛奶，怎么一眨眼的工夫就不见了？

知道黑黑爱喝牛奶以后，我们就有意多给它剩下一些。

在这样丰富的营养下，黑黑迅速长大，不久就成了一只威武的大黑猪。甩着大肚皮走动的时候，好像一张黑丝绒壁毯在旷野移动。

高原上的尖石把黑黑的肚皮磨破了。开饭的时候，黑黑再也不能像原来那样飞快地跑过来，只能慢慢往家里挪。炊事班长看了心痛，就领黑黑到卫生科，对正在给人包扎伤口的护士说："给我们的黑黑看看病。"

护士吓了一跳，说："我又不是兽医。"

班长说："这病不用兽医，我就能看。把伤口消消毒，抹点药膏包起来就行。"

护士说："谁敢钻到猪肚子底下去上药？它不咬人才怪呢！"

班长对护士说："黑黑绝对不会咬你的。"然后又对黑黑说："这是给你看病呢，千万不要乱动啊！好了，趴下吧。"

黑黑就乖乖地躺在卫生科门外的地上，像平日吃饱了饭晒太阳的样子。

护士双手托着治疗盘，战战兢兢地走过去，消毒、上药……涂酒精的时候，黑黑可能感到有点痛，浑身抖了一下，但真的是没有动。

上完了药，黑黑站起来。它的肚子上多了一块雪白的纱布，好像一枚巨大的邮票。

　　第二天，护士偶然走出治疗室，看见黑黑正在屋外绕来绕去。见到护士，它哼了两声，然后自动躺在地上。原来它肚子上的纱布掉了，伤口又露了出来。护士就又给它上了药。

　　后来，黑黑的肚子好了，又可以很有风度地在房前屋后散步了。我们眯起眼看看它，想起平原的家。有人说："在我们村子里，有一头和这一模一样的黑猪呢！"

# 灵魂飞翔的地方

　　从北京出发，坐一个星期火车再加半个月汽车后，我服兵役来到西藏阿里部队。在地图上找不到"阿里"这个具体地名，一个名叫"狮泉河"的小镇标记，代表了世界屋脊上这块三十五万平方公里的广袤雪域。

　　从京城优裕生活的学外语女孩，一下子坠落到祖国最边远的不毛之地当卫生员（当然从海拔的角度来说，绝对是上升了，阿里的平均高度超过五千米）。我的灵魂和肌体都受到了极大震动。也许是氧气太少，成天迷迷糊糊的，有时望着遥远的天际，面对无穷无尽的雪原和高山，心想，这世界上真有北京这样一个地方吗？以前的我，该不是一个奇怪的梦吧？

　　因为没有正规的医学教育，老医生就得言传身教地指导卫生员，好像一个老木匠带着一群小木匠。

一天，老医生对我们说，想不想看看真正的恶性肿瘤是什么样？

我们那群女孩子，正是对世上一切事物好奇的年龄，忙说，想看。只是到哪儿去看呢？

老医生眺望远方，说，到最高的那座山上去。

原来是一位患肝癌的牧人在病房故去，家属对一直给他治病的老医生说，我们把亲人的身体，托付给金珠玛米（解放军）的曼巴（医生）了，希望您能将他天葬。说完之后，活着的亲人们就赶着羊群逶迤而去。

我对老医生说，您会天葬吗？

那时正是"文革"期间，所有的天葬师都销声匿迹。老医生说，我尽力去做。

老医生找来担架，把尸体安放其上。来了一辆解放牌卡车，载着我们和担架，向人迹绝踪的山顶开去。我第一次与死人相距咫尺，充满恐惧。我昨天还给他化验过血，此刻他却无知无觉地躺在大厢板上，随着车轮的每一次颠簸，像一段朽木在白单子底下自由滚动。我尽量离他远一点，但车厢里只有那么大地方，我的脚紧紧地挨着他的腿，凝固的感觉自下而上蔓延，半截身体变得铁一般硬冷。

离山顶还很远，路已到尽头，汽车再无法向前。只有把担架抬下来，托举着它，向高高的山顶攀去。老医生自然身先士卒，但他一个人无法将尸体搬上山巅。他征询我的意见说，你是抬前架还是后架？我想了半天说，我……抬后面吧。倒不是我拈轻怕重，只是我已看出端倪，知道抬前架的人负有使命，需决定哪一座峰峦才是这白布下的灵魂最后的安歇之地。对于这种神圣的职责，我实在没有经验。

灵魂肯定是一种承受重量的物质，它离去了，人体反而滞重。我艰难地高擎担架，在攀登的路上竭力保持平衡。尸体冰凉的脚趾隔着被单颤动着，坚硬的指甲鸟喙一样点着我的面颊。我不敢有片刻大意，死死盯着老医生的步伐。他抬步我前进，他停脚我立定。生怕配合不默契，一个失手，死去的肝癌牧人，必得稳稳地滑坐在我肩头。

山好高啊，累得我几乎想和担架上躺着的人交换位置。我抑制着喉头血的腥甜说，秃鹫已经在天上绕圈子了，再不把死人放下，会把我们都当成祭品的。老医生沉着地说，只有到了最高的山上，才能让死者的灵魂飞翔。我们既然受人之托，切不可偷工减料。再坚持一下吧。

终于，到了伸手可触天之眉的地方。担架放下，老医生把白单子掀开，把牧羊人铺在山顶的砂石上，如一块门板样周正。他拿出手术刀剪，锋利的刀口流利地反射着阳光，在石峰上映出点点亮斑。他高高举起刀柄，簌然划下……牧人像容器一般被打开了，老医生像拎土豆一般把布满肿瘤的肝脏提出腹腔，仔细地用刀锋敲着肿物，倾听它核心处混沌的声响，一边惋惜地叹道，忘了把炊事班的秤拿来，这么大的癌块，罕见啊……

秃鹫在头顶愤怒地盘旋着，翅膀扇起阳光的温热。我望着牧人安然的面庞，心灵感到极大的震颤。他的耳垂上还留有我昨日为他化验血时打下的针眼，黏着我贴上去的棉丝。因为病的折磨，他瘦得像一张纸。尽管当时我把刺血针调到最轻薄的一挡，还是几乎将耳朵打穿。他的凝血机制已彻底崩溃，稀薄的血液像红线一样无休无止地流淌……我使劲用棉球堵也无用，枕巾成了湿淋淋的红布。他看出我的无措，安宁地说，我身上红水很多，你尽管用小玻璃瓶灌去好了，我已用不到它了……

面对苍凉旷远的高原，俯冲而下乜视的鹰眼，散乱山之巅的病态脏器和牧羊人颜面表层永恒的笑容，在那一瞬间，我领悟了什么叫作生命。

它是天地的精华，它是巨大的偶然。它是无限长链中闪烁的一环，它是造化轮回中奇异的组合。周围是无穷无尽的冰川雪岭，它们虽然恒远，却是了无生命的，只有人才是这冰雪世界最活跃的生灵。我们原本是从自然中来，我们必有一天要回到自然中去。在这个短暂的旅途之中，我们要千百倍地珍惜生命……

老医生谆谆指教我们每一脏器的部位，每一神经的走向，直到秃鹫不耐烦地要啄他的眼睛。我们这些年轻的女孩子，围着安卧着的牧羊人，惊心动魄地学习任何医学院都不曾开设过的课程。

讲完课以后，老医生让我们退到远处，他将牧羊人肢解得粉碎，精细地铺陈在沙地上，以便秃鹫将牧羊人的灵魂，快快驮上蓝天。

秃鹫乌云一般呼啸而下，又扶摇而上，隐没在苍穹尽头。我们肃穆地注视着，默默感受着一个生命的消失与升华。

到达西藏的第三年，发给我一支手枪。枪身很短，乌蓝色的枪口，像深不见底的老井。枪套很新，散发着皮夹克的味道。每当我走近悬挂手枪的墙壁时，都有一种神秘的感觉，好像枪是一个有生命的活物。

我们离边境线很近，要求每个人都能熟练地掌握手中的武器。

教女孩子们打枪的任务，就交给了高排长，听说他的枪技很高。

第一天看到他的时候，他就哭丧着脸对我们说："谁愿意教女孩子打枪啊！你们要是一不小心走了火，轻则把我打成残疾，重了就让我以身殉国了。"

我们原本就害怕，听他这么一说，赶紧双手捧着枪说："那我们就不要这东西了。"

没想到高排长又训起我们来："枪有什么了不起

的？男人能打枪，女人也能。"说着，就开始教我们打枪的要领。

要说打枪也没什么难的，但女孩子的臂力不行，擎着枪身的右手哆嗦不止。高排长就训斥我们："又不是做贼，心虚什么？"

我们就在下面愤愤地骂他，但为了少挨说，私下都举着枪练习，渐渐地手就不那么抖了。

终于到了实弹射击的那一天，靶场设在一片空旷的原野上，50米以外，竖着墨绿色的胸环靶。靶子好像一个傲慢的武士，看着我们这些初次打枪的女孩子。

我第一个走过去，心里默念着射击口诀，举枪对准靶心。高排长指挥我站定，又仔细检查了我的武器，看着我把子弹压进枪膛，说了声："你可以开始了，先打两发试验弹。"然后，撒腿就跑。

我一下子心就慌了。说："哎！你不看着我打枪了？"

他说："我什么时候说过要看着你们打枪？女孩子手下没准儿，谁知道会打到哪里去？我还是躲得远点好。"

我说："哼！想不到你这么胆小。"

高排长说："不是胆小，是不怕一万，就怕万一。"

我一甩头发说："没有你，我也一样能打个好成绩！"说着，一摆我手中的枪。没想到食指轻微一震，手起枪抬，枪口正好朝着天，"啪"的一声巨响，一发子弹带着火苗蹿上蓝天。

我吓得一哆嗦，下意识地一垂手腕。 "哎呀！子弹怎么这么快就打出去了呢？我好像还没使劲呢！"没容得我把这句话说出口，"啪"

的一声，第二发子弹又从枪膛进出，枪口正好朝下，地面蹿起一团烟尘……

我惊魂未定，真想大哭一场。这真枪实弹打起来也太容易了，简直容易得可怕。我以为要用很大的劲儿才能把子弹打出去，谁想手枪机敏得像一只灵猫的胡须，稍微一个动作，带有极大杀伤力的子弹就射出去了，就要置人于死地。

高排长急忙跑回来，紧张地问："伤着了吗？"

我苦笑着说："没有，只是吓了一跳。"

他立刻松弛下来说："我说得怎么样？女人就是不行，幸亏我躲得远。"

我吓得不敢再打枪了。他说："一回生，二回熟。你打了天一枪，地一枪，天地都打了，还怕什么？刚才是验枪，不算成绩的，现在重新开始。"

我还是不想打枪了。高排长叹了一口气说："看来，我今天真是要舍命陪君子了。好吧，我就站在你身旁，一动不动地看着你打枪。"

说也奇怪，有高排长站在一旁，我就真的镇静下来，胸有成竹地举枪瞄准……靶心、枪准星、眼睛的瞳孔三点成一线……屏住气，心莫慌，眼睫毛也不眨……手指轻轻往下压……好，击发！

啪啪啪……我连发五枪，把规定的子弹都打了出去。

待硝烟散去后，报靶员向我们报告说："五枪打了47环——两个10环，三个9环。"

高排长对他的徒儿能打出这样的好成绩，也很高兴，说："45环以上，就能算特等射手了。"没想到我刚露出喜色，他立刻就沉下脸说，"我看你是瞎猫碰上了死耗子。"

那一年我17岁，在西藏雪域的高原部队当卫生兵，具体工作是做化验员。

雪山上的条件很差，没有电，许多医学仪器都不能用。化验血的时候，只有凭着眼睛和手做试验，既辛苦，也不易准确。

一天，一个小战士拿了一张化验单找我，要求做一项很特别的检查。医生怀疑他得了一种很古怪的病！这个试验可以最后确诊。

试验的做法是：先把病人的血抽出来，快速分离出血清。然后在56摄氏度的情形下，加温30分钟。再用这种血清做试验，就可以得出结果来了。

我去找开化验单的医生，说，这个试验我做不了。

医生问：为什么？

我说，你想啊，整整半个小时，要求56摄氏度分毫不差。要是有电暖箱，当然简单了。机器的指针旋钮一应俱全，把温度和时间定死，一按电钮，就开始加温。时间到，红色指示灯就亮了，大功告成。但是没有电，你就抓瞎没办法。我又不能像个老母鸡似的把血标本揣在身上加温。就算我乐意干，人的体温也不到56摄氏度啊。

医生说，化验员，想想办法吧。要是没有这个化验的结果，一切治疗都是盲人摸象。

我是一个好心加耳朵软的女孩。听了医生的话，本着对病人负责的精神，仔细琢磨了半天，想出一个笨法子，就答应了医生的请求。

那个战士的胳膊比红蓝铅笔粗不了多少，抽血的时候面色惨白，好像是把他的骨髓吸出来了。

前面的步骤都很顺利，我开始对血清加热。

我点燃一盏古老的印度油灯，青烟缭绕如丝，好像有童话从雪亮的玻璃罩子里飘出。柔和的茄蓝色火焰吐出稀薄的热度，将高原严寒的空气炙出些微的温暖。我特意做了一个铁架子，支在油灯的上方。架子上安放一只盛水的烧杯，杯里斜插一根水温计，红色的汞柱好像一条冬眠的小蛇，随着水温的渐渐升高而舒展身躯。

当烧杯水温到达56摄氏度的时候，我手疾眼快地把盛着血清的试管放入水中，然后双眼一眨不眨地盯着温度计。当温度升高的时候，就把油灯向铁架子的边缘移动。当水温略有下降的趋势，就把火焰向烧杯的中心移去，像一个烘烤面包的大师傅，精心保持着血清温度的恒定……

说实话，这个活儿真是乏味透顶。凝然不动的玻璃器皿，枯燥单调的搬移油灯，好像和一个三岁小孩下棋，你既不能赢又不能输，只能像木偶一样机械动作……

时间艰难地在油灯的移动中前进，大约到了第28分钟的时间，一个好朋友推门进了化验室。她看我目光炯炯的样子，大叫了一声说：你不是在闹鬼吧，大白天点了一盏油灯！

我瞪了她一眼说，我是在全心全意地为病人服务，正像孵小鸡一样地给血清加温呢！

她说，什么血清？血清在哪里？

我说，血清就在烧杯里啊。

我用目光引导着她去看我的发明创造。当我注视到水银计的时候，看到红线已经膨胀到70摄氏度的范畴。劈手捞出血清试管，就在我说这一句话的工夫，原来像澄清茶水一般流动的血清，已经在热力的作用下，凝固得像一块古旧的琥珀。

完了！血清已像鸡蛋一样被我煮熟，标本作废，再也无法完成试验。

我恨不得将油灯打得粉碎。但是油灯粉身碎骨也于事无补，我不该在关键的时刻信马由缰。现在面临的问题是我该怎么办？空白化验单像一张问询的苦脸，我不知填上怎样的答案。

最好的办法是找病人再抽上一管鲜血，一切让我们重新开始。但是病人惜血如命，我如何向他解释理由？就说我的工作失误了吗？那是多么没有面子的事情！人人都知道我是一个尽职尽责的好化验员，这不是给自己抹黑吗？

想啊想，我终于设计出了如何对病人说。

我把那个小个子兵叫来，由于对疾病的恐惧，他如惊弓之鸟战战兢兢。

我不看他的脸，压抑着自己的心跳，用一个17岁女孩可以装出的最大严肃对他说：我已经检查了你的血，可能……

他的脸"唰"地变成霜地，颤抖着嗓音问，我的血是不是有问题？我是不是得了重病？

等待检查结果的病人都如履薄冰。我虽然年轻，也很懂得利用这种心理。

这个……你知道像这样的检查，应该是很慎重的，单凭一次结果很难下最后的结论……

说完这句话，我故意长时间地沉吟着，一副模棱两可的样子，让他在恐惧的炭火中慢慢煎熬，直到相信自己已罹患重疾。

他瘦弱的头颅点得像啄木鸟，说，我给您添了麻烦，可是得了这样的病，没办法……

我说，我不怕麻烦，只是本着对你负责，对你的病负责，还要为你复查一遍，结果才更可靠。

他苍白的脸立刻充满血液，眼里闪出星星点点的水斑。他说，化验员，真是太谢谢啦，想不到你这样年轻，心地这样好，想得这么周到。

小个子兵说着，几乎是迫不及待地撸起袖子，露出细细的臂膀，让我再次抽他的血。

我心里窃笑着，脸上还做出不情愿的样子，很矜持地用针头扎进他的血管。这一回，为了保险，我特意抽了满满的两大管鲜血，以防万一。

古老的油灯又一次青烟缭绕，我自始至终都不敢大意，终于取得了结果。

他的血清呈阴性反应。也就是说——他没有病。

再次见到小个子兵的时候，他对我千恩万谢。他说，化验员啊，你可真是认真啊。那一次通知我复查，我想一定是我有病，吓死我了。这几天，我思前想后，把一辈子的事都想过了一遍。幸亏又查了两次，证明我没病。你为病人真是不怕辛苦啊！

我抿着嘴不吭声。

后来领导和同志们知道了这件事，都夸我工作认真并谦虚谨慎。

在以后很长的时间里，我都为自己当时的灵动机智而得意。

我的年纪渐长，青春离我远去，机体像奔跑过久的拖拉机，开始穿越病魔布下的沼泽。有一天，当我也面临重病的笼罩，我对最后的化验结果望穿秋水的时候，我才懂得了自己当年的残忍。我对医生的一颦一笑察言观色，我千百次地咀嚼护士无意的话语。我明白了当人们忐忑在生死的边缘时，心灵是多么的脆弱。

为了掩盖自己一个小小的过失，不惜粗暴地弹拨病人弓弦般紧张的神经，我感到深深的懊悔。

假如今天我出了这样的疏忽，我会充满歉意地对小个子兵说，对不起，因了我的粗心，那个试验做坏了。现在我来重新做。

我想他也许会发脾气的，斥责我的不负责任。按照四川人的火暴脾气，大骂几句也有可能。我会安静地倾听他的愤怒，直到他心平气和的那一瞬。我相信他还会撸起袖子，让我从他比红蓝铅笔粗不了少的胳膊上抽血……也许他会对别人说我是一个蹩脚的化验员，我会微笑着不做任何解释。

我们可以吓唬别人，但不可吓唬病人。当我们患病的时候，精神是一片深秋的旷野。无论多么轻微的寒风，都会引起萧萧黄叶的凋零。

让我们像呵护水晶一样呵护人的心灵。

记者：您十六岁参军去了喜马拉雅山、冈底斯山、喀喇昆仑山交会的藏北高原，在那里生活了十一年。有种说法：吃过那里的苦，世上再没有不能吃的苦。对于今天的年轻人来说，那种艰苦很难想象，甚至你小说里的一些细节都让人难以置信。当初你自己是不是一下子也受不了呢？

毕淑敏：昆仑山的艰苦我们当时并不惧怕，相反，作为一种时尚，我们有一股豪迈感。阿里这个地方本身很特别，在我看来是最高、最远、最荒的地方。当时同去的人大多来自农村，他们并没有感受到太强烈的反差。而来自北京的我却不同，从文明之都来到地球之巅的旷野，我似乎被抛入另一个星球，大自然的伟力着实震撼了我，我时常独坐山顶，数着目力所及的山头，问自己：我怎么会来这里？没有我的北京，与我在时一样吗？

单调刻板的生活，奇异严酷的环境，让我思考人与自然、宇宙、永恒、生死和命运，也从根本上影响了我对人生的看法。我刻骨铭心地感受到世界之小、宇宙之大。艰苦本身是不足畏的，这么多的山、这么大的山只能静止在那里不动，而我却可以走动，可以思想，我便又悟出生命之可敬来。

记者：昆仑山实在是一般人难以企及的。在您"发人所未见"之后，应该有一种悲凉感，但您似乎并没有变得对生活漠然。

毕淑敏：经历了大境界，便不会觉得人生黯淡，反而会觉得这个世界真是美轮美奂。在世界的进化链上，每个人虽微不足道，却可以而且应该为世界增添一些美丽。

记者：可是现实生活中的假、恶、丑并不少。从文章看，您并不对它们进行淋漓的怒骂，甚至您还主张《珍惜愤怒》。

毕淑敏：愤怒时，可以骂，可以幽默，可以反讽，还可以冷静地叙述。医生这个职业教我冷静、客观，作为女作家，我更喜欢用一种洁净的笔触叙写。

对于丑恶与躁动，不是我无视，而实在是人们已看得听得太多了。人们感到的冷漠，无须我再去渲染。所以，我要描写温情，传达和谐宁静与优美。好比刷一堵墙，可以全部刷白，也可以涂一点黑以示其为白，但我不喜欢全部涂黑。

伟大的作品都以人类的善良为希冀，人类毕竟向文明迈进，我们看到的丑只是局部，作家不应以一己之私而不见泰山，应对生活有更长远、更本质的理解。

记者：有人以为没有昆仑山的经历您很难写出好作品。换句话说，是不是非得有丰富独特的经历才能写出好作品？

毕淑敏：有人历尽沧桑却未著一字。我以为就创作而言，心灵的历程比身体的历程更为重要。无数人经历失恋，但只有歌德写出了《少年维特之烦恼》。

我们现在没有生活在一个惊天动地的年代，环绕着我们的都是一些平常的人、平常的事。平常人的心灵也需要关切、交流；只写英雄，只写艰险，未免有好高骛远之嫌。一些身边的事情才有可能影响我们的心情，生命基本由这些材料构成。生活像海，靠每个人一滴滴水的折射，整个海面才熠熠生辉，灿烂耀眼。珍惜生命，珍惜每一天才能净化心灵，好高骛远只会特别失望。

我自己的许多作品就写凡人小事。生命原本是非常偶然的，但如何完成这一生却需付出相当的认真与谨慎。

记者：您多次提到医生这一职业对您的影响，也说"医生和作家都是与人为善的职业"，可您最终选择了文学。

毕淑敏：起初当医生并不是自己的愿望，是部队分配我做卫生员的，我当时很想当通信兵。也许出于天性，想着既然干了就把它做好，所以医生一职还算胜任。这个职业教我客观、教我冷静、教我仁爱、教我达观、教我学会面对无奈与遗憾，也教我把生死在某种程度上看得平淡。医生做久了，会很敬畏生命，但是关切生命更靠心灵的交流，这更多地由文学来完成。

我从小就特别爱好语言、文学，而且我发现父亲看到我的作品特别高兴，我就很愿意这样做。我想每个善良的孩子都想让父母高兴，这样的话，一代一代就会越来越美好。

我当初搞创作很少有功利的考虑，时间、精力的投入所换得的报酬实在微乎其微。写作的一些成就对本职工作也没什么帮助。写作与行医并行了很久，但医生这一行是个需全力以赴的事业，是个对生命负责的职业，稍有疏忽，轻则造成痛苦，重则殃及生命，不像自来水可开可关。而写作是件很不受控制的事，这与医学的严格很矛盾，所以，正是热爱和尊重医生这个职业，我暂时放弃了它。

记者：许多人觉得人到中年一切基本定型，而您却还弃医从文。

毕淑敏：这与个人的生命观有关。生命是个人的一种缘分，我们每个人都有开拓它的自由。年轻时谋生的压力可能比较大，选择时会有所勉强；中年往往就不必为生计所累，倒更有可能做自己真正愿意做的事情。当初没有选择，做了医生，现在可以选择，我便选择了文学。

记者：那么，从昆仑山到回来做医生再到改行当作家，这其中您觉得不变的是什么？

毕淑敏：我到过我们国家最僻远、最荒凉的地方，在横贯整个中

231

国的旅行中，我知道了她的富饶与贫瘠。我在耀眼的霓虹灯下行走，身旁会突然显现出白茫茫的荒原。在文明的喧哗与躁动之间，我倾听到遥远的西部有一座山在虎啸龙吟，她告诉我生命没有终结，哪一刻都可以开始，只要我们微笑着面对生命。

图书在版编目 (CIP) 数据

西藏，面冰十年 / 毕淑敏著. –– 北京 : 北京十月
文艺出版社，2021. 10（2025.5重印）
（毕淑敏散文集）
ISBN 978-7-5302-2131-0

Ⅰ. ①西… Ⅱ. ①毕… Ⅲ. ①散文集—中国—当代
Ⅳ. ① I267

中国版本图书馆 CIP 数据核字 (2021) 第 133690 号


西藏，面冰十年
（毕淑敏散文集）
XIZANG MIAN BING SHINIAN
毕淑敏　著


出　　版　北 京 出 版 集 团
　　　　　北京十月文艺出版社
地　　址　北京北三环中路 6 号
邮　　编　100120
网　　址　www.bph.com.cn
发　　行　新经典发行有限公司
　　　　　电话（010）68423599
经　　销　新华书店
印　　刷　北京盛通印刷股份有限公司
版　　次　2021 年 10 月第 1 版
印　　次　2025 年 5 月第 2 次印刷
开　　本　880 毫米 × 1230 毫米　1/32
印　　张　7.75
字　　数　146 千字
书　　号　ISBN 978-7-5302-2131-0
定　　价　39.80 元
质量监督电话　010–58572393
如有印装质量问题，由本社负责调换。